神は遊戯《ゲーム》に飢えている。
The Ultimate game-battles of a boy and the gods
God Game
6

「もちろん。ここまで来たんだから」
PROFILE
フェイ
破竹の勢いで「神々の遊び」を攻略するゲーム大好きな少年。

「『赤い髪のお姉ちゃん』だっけ？
フェイに遊戯を教えてくれた
お姉さんを見つけるんでしょ？」
PROFILE
レーシェ
元神様の少女。フェイたちと共に「神々の遊び」に挑む。

「ふふん竜ちゃん? 我の巨大さに驚いてるね」
レーシェの視線を察知したウロボロスが、
目を細めてニヤリと笑んだ。
無敗
PROFILE
ウロボロス
何かと「無敗」を誇る無限神。自由奔放に振る舞い続けるが……。

「俺は確信した。お前たち二人こそが、その運命に選ばれた戦士だと！」
PROFILE
ケイオス
フェイが所属していた旧チームのリーダー。故あって神秘法院本部に籍を置くことに。

「私たちが!?」
PROFILE
ネル
フェイの現在のチームの仲間。物理攻撃を得意とする一途な少女。
PROFILE
パール
稀に奇跡を起こす自称全自動思い込みガール。

God's Game We Play 6

The Ultimate game-battles of a boy and the gods

神は遊戯《ゲーム》に飢えている。6

細音 啓

MF文庫J

レーシェ
本名はレオレーシェ。
3000年の永き眠りから目覚めた元神様のゲーム大好き少女。
フェイ
近年最高のルーキーと
称される期待の使徒。
レーシェ＆パールと新
チームを結成する。
ネル
マル＝ラ出身。一度は
引退していたが、賭け
神との戦いを経てフェイのチームに加入
パール
転移の能力を持つ
全自動思い込みガ
と呼ばれるほどの
力のある性格。

Chapter

Prologue 笑えない話だな

God's Game We Play

これは——

彼《フェイ》が、竜神レオレーシェと出会って間もなくのこと。

蒼穹《そうきゅう》を舞う鳥より高く。

真白い雲より高き上空に、銀色に輝く浮遊都市がある。古代魔法文明の「魔法」が残る神話都市ヘケト＝シェラザード。その大図書館で——

ケイオスは今日も一人だった。

「…………」

埃《ほこり》の積もった書棚。司書のいないこの図書館で、どの書棚にどんな本が収められているのか完全に把握している者はいまい。

「……笑えない話だがな」

ケイオス・ウル・アーク——元・神秘法院ルイン支部、『覚醒《アウェイキン》』リーダー。

史上最高の新人との呼び声も高いフェイの加入を機に、神々の遊びで連戦連勝を続けていた……こともあった。

「そうか、フェイ」

ぼろぼろに崩れかけた歴史書を手にして。

ケイオスの視線の先には机上の小型モニター。そこには全長一〇〇〇〇メートルという超巨大な神の遊戯が映っていた。

無限神ウロボロスと、一人の少年の最終幕が。

〝答え合わせの時間だ、神《ウロボロス》！〟

〝神を倒すのは神自身。これがウロボロス、アンタの攻略法だったわけだ〟

その放送を見届けて。

ふっ、と。ケイオスは口の端に微《かす》かな笑みを浮かべていた。

「相変わらずだなお前は」

元より心配はしていなかった。チーム『覚醒《アウェイキン》』がなくなったとしても、あの新入り《ルーキー》は必ずや世界に名を轟《とどろ》かす。

だからこそ。

「……笑えない話になるだろうな」

ぼろぼろの歴史書。

その表紙をめくった途端、パタッと表紙の形をしていた蓋が外れた。

本のかたちをした・・・・・・オモチャ箱。

そこに収められていたのは十数枚の古びたカードだ。三千年間もここに眠っていた遊戯。

自分《ケイオス》が見つけなければ永遠に眠ったままだったに違いない。

「フェイ。お前いずれ、神々の遊びでヘレネイアの勝ち星に追いつくだろう?」

彼女《ヘレネイア》はそれを危険視するだろう。

何が何でもフェイを妨害しにかかるだろう。

「……仲良くしろ。なんて言っても無駄だろうな。少なくともヘレネイアの方は」

溜息《ためいき》が、本に積もった埃《ほこり》を宙に巻き上げる。

いずれ出会う。

神々の遊びの完全制覇に手をかけた者同士が――

「天敵?　いや同族嫌悪か。いずれにせよ嫌がるだろうな彼女は」

そして言うのだ。

ケイオス、あなたが何とかできませんか?　と。

「あいにくだがヘレネイア」

擦《す》りきれたカード群を手に取って。

空っぽになった本型のオモチャ箱を、再び本棚へと戻す。

「俺にできるのは精々、笑えない話を愉快に話してやることだけだ。そこから先は自分で決めてくれ」

Chapter

Player.1 神の栄光《セレブレイション》

God's Game We Play

1

〝『神々の遊戯を授かりし《メイ・ユア・ゴッズ》』〟

〝チーム名。これがあたしからの『神の慈愛《ごほうび》』だ〟

怪力乱神にして厳かなる大地の賢者。

賢《さか》しく、悠大で、荒々しく、奔放——なんとも派手な溶岩色の髪を束ねた神が、ニッと豪快な笑みで声を響かせた。

そして現在——

『フェイ君おめでとう、チーム名が決まって何よりだ』

通信機を介して。

遠き秘蹟《ひせき》都市ルインから、ミランダ事務長の愉快そうな笑い声。

『しかし『神々の遊戯《メイ・ユア・ゴッズ》を授かりし』……ね。随分とまあ威風堂々というか、フェイ君ってそういう大層な名前をつける趣味があったっけ？』

「やっぱり事務長もそう思います？」

通信機を片手に、フェイは足下の瓦礫に腰かけた。

そして苦笑い。

自分らしくない命名だと思っていたが、やはり通話開始一分で突っ込まれた。

「これ貰《もら》い物《もの》ですよ」

『ん？　命名者は君らじゃないの？』

「ええ、まあ大層な名前ってのは自覚あるので。大事に背負いますよ」

『構わないよ。ご大層な名前のチームなんていくらでもあるし。実際、君たちはそれくらいのチーム名背負ってもらわないとね』

通信機の向こうで、カチャッと陶器の音。

ミランダ事務長が愛用のコーヒーカップを持ち上げた音だろう。

「徹夜してたんですか？」

『おかげで肌がボロボロだよ。最近いろいろあったからね……で、遠路はるばる出かけたけど、君の旧チームのリーダーは見つかったの？』

「……残念ながら」

自分《フェイ》がいるのは遺跡都市エンジュ。

この都を端的に言い表すならば「現代人には退屈な都市」だろう。

まずビルがない。

企業のオフィスはもちろん、有名飲食店やデパートがまったくない。かといって特別な観光スポットがあるわけでもない。

つまりは娯楽がないのだ。

あるのは古代遺跡の発掘場。そして——自分《フェイ》の旧チーム『覚醒《アウェイキン》』のリーダーだったケイオスがこの都市にいたという情報のみ。

〝見てしまったんだ。このゲームはクリアすべきじゃない〟

彼《ケイオス》はどこかへと立ち去った。

その言葉が何を意味するのか到底理解できなかったが、今ならば思い当たる節がある。

世界最強チーム『すべての魂の集いし聖座《マインド・オーヴァー・マター》』のリーダーが、こう言ったのだ。

〝神々の遊びはもう辞めない？〟

〝まだ知らないのね。神々の遊びが十勝してはいけないものだと〟

神々の遊びは十勝すべきでない。

その言葉に触れた瞬間、点と点が繋《つな》がった。

チーム解散寸前に彼《ケイオス》が発した意味はもしや……「神々の遊戯《ゲーム》は攻略《クリア》すべきじゃない」だったのではないか？

「ケイオス先輩の家は空き家でした」

『ありゃ、神秘法院のデータが間違ってたかな？』

「いえ。ケイオス先輩はここにいたけど、また別の都市に引っ越したそうです。隣家の人が教えてくれました」

『ケイオス君って、そんな小まめに引っ越しするタイプだっけ？』

「……どちらかというと面倒くさがりだったような」

ズボラで物覚えの悪いリーダーだった。

かわりに面倒見が良く、チームのまとめ役として輝けるものを持っていた。

その彼が、なぜここを選んだ？

神秘法院の支部さえない辺境の都市だ。唯一の特徴といえば、古代魔法文明の遺跡があるという点だけだが。

「とにかく帰ります。また列車で一日以上かかるけど」

『だいぶご足労だったねぇ。ああそういやフェイ君、さっきも聞いたけど、そこで海神《ポセイドン》って神さまと勝負したのに勝ち星増えてないんだろ？』

「ええ。俺たち七勝のままです」

　そうなのだ。

　この遺跡で、自分たちは人獣神ミノタウロス＆海神ポセイドンの霊的上位世界にダイヴした。が……海神《ポセイドン》の遊戯『そしてみんないなくなった』は、残念ながら『神々の遊び』の勝ち星に加算されないらしい。

……『神々の遊び』の正式参加じゃなかったからか。

……巨神像からダイヴしたんじゃなくて、ウロボロスに転移させられたもんな。

　つまり、ただ神さまと遊んだだけ。

　言うなれば非公式試合だったというわけだ。

『なおさらお疲れさまだねぇ』

　通話の向こうで、事務長もさすがに苦笑い。

『とにかく気をつけて帰っておいで。話はそれからゆっく……』

　事務長が言いかけた時。

「ひゃあああああああああああああっっっ!?」

「危ないパール、こっちだ！」

「ネルさん待って！　遠くで手招きしてないで助けてください――――！」

フェイの背後で、壮絶な会話《やりとり》。

それがパールの悲鳴とネルの大声であることは、事務長も容易に察したことだろう。

『ねえフェイ君』

「はい事務長」

『今、パール君の死にかけた声が微《かす》かに聞こえてきたんだけど？』

「ああそれは……」

ちらりと背後を振り返る。

パールが涙目で尻餅をついているのだが、そんな彼女のわずか数センチ後方の地面に、
何百キロはあろう石柱が突き刺さっているではないか。

それも弾丸より早い速度で殴り飛ばされた石柱が。

「パール、無事で何よりね！」

「レーシエさんも笑って見てないで助けてください――――っ!?」

そんな会話《やりとり》である。

『……フェイ君さ、そういえば背後からゴッとかドガーンッとか聞こえてきてるよね？

今どこにいるのかな？』

「遺跡都市エンジュです。今はその発掘現場で」

『…………うん』

ミランダ事務長がしばし沈黙。

『遺跡の発掘現場って、ダイナマイトが鳴り響く場所だっけ？』

「ダイナマイトは使ってないですよ」

『でも爆発音がするよ？』

「爆発もしてないです」

『……轟音《ごうおん》が聞こえてきて、パール君の死にそうな絶叫《こえ》については？』

「ああ、それはここで――」

フェイたちが立っているのは、灰に覆《おお》われた発掘現場。

発掘された黄金の祭壇があり、古代言語が刻まれた石柱が何本も建ち並んでいる。徒競走ができそうなほど広い場所で――

「鬼ごっこです」

・・・

と同時。

そびえ立つ石柱が、粉微塵《こなみじん》に蹴り壊された。

「はははっ！　そう言われて待つわけない。なぜなら我は無敗だからね！」

轟《ごう》ッと旋風が巻き上がる。

フェイの前を横切ったのは、二体の「神」だ。

「鈍い鈍い！　そんなんじゃ何百年経《た》っても我は捕まえられないよ！」

まずは、天真爛漫《てんしんらんまん》に目を輝かせた銀髪の少女。

超がつくほどの美少女なのに、その見た目を台無しにするほど派手な指輪やネックレス。

さらにそのTシャツには大きく「無敗」の二文字が書かれている。

無限神ウロボロス。

フェイたちの撃破まで攻略者ゼロを誇っていた（元）無敗の神である。

対して──

「はっ、甘いよ！　空中で二回転して石柱を足場に三角蹴り、軌道を変えて隣の石柱に移るってんだろ！　そこだ！」

神《ウロボロス》を追いかけるのが、もう一体の神。

こちらは溶岩色の髪をなびかせ、空中で軌道変化するウロボロスを追う巨体の女だ。

──巨神タイタン。

フェイたちにチーム名『神々の遊戯を授かりし《メイ・ユア・ゴッズ》』を授けた神である。

「俺と事務長の話が終わるのを待ち飽きたとかで……」

『鬼ごっこを始めたと？　今にも都市が壊れそうな破壊音が聞こえてくるけど』

それでこの大騒動である。

空中へ跳び上がり、石柱から石柱へ次々と飛び移っていくのがウロボロス。それを追いかけるのがタイタンだ。

「捕まえたよ！」

「おおっと危ない！」

ミシッ。

ウロボロスが蹴飛ばした石柱が、まるで小石のように吹き飛んでいく。

先ほどパールが悲鳴を上げたのはこのせいだ。さらに鬼役のタイタンが進路途中にある石碑を殴り壊して直進。

ミランダ事務長が聞いた爆発の音は、これだ。

『フェイ君』

「はい事務長」

『一応言っておくけど、遺跡都市ルインにある遺跡は、最初に古代魔法文明の痕跡が見つかった世界遺産でね。できれば保全したいんだが……』

「……俺もそう言ったんですが……」

石柱を蹴り飛ばし、床を踏み砕き、発掘現場を荒らしまくる神二体。

と、その時。

「ん？　なんだ小僧。もう話は終わったのか」

キキッ、と。

追いかけっこをしていたタイタンが急停止。

その反動の風圧だけで作業現場のトラクターが紙切れのように吹き飛んでいくあたり、どれ程の力で走っていたのか想像するも恐ろしい。

小僧――

それがどうやら自分《フェイ》への呼び名らしい。

「もう出かけるようじゃないか。別の都市にかい？」

「神秘法院の本部……って言ってもわからないと思うけど、ちょっと行きたい場所があるんだ。その前にルインに戻らなくちゃいけないけど」

「ふぅん？」

「ところでアンタこそ……」

巨神タイタンを見上げる。

今の彼女はウロボロスと同じく精神体《スピリチュアル》だろう。自分たちにチーム名を与えるために人間世界にやってきたというが。

「霊的上位世界に戻らなくて大丈夫なのか？」

「戻るつもりだった」

大地の賢神タイタンが、着物の帯を締め直す。

ウロボロスとの鬼ごっこで緩んだのだろう。ちなみにフェイとしては帯よりも、今の鬼ごっこで大きく開いた胸元を先に整えて欲しいのだが。

「ウロボロスから聞いたのさ。人間世界をちょっと観光してから帰る」

まさかの観光である。

……大騒ぎになるからやめてくれって。

……そんなの頼んでも無理なんだろうなぁ。

ちなみにミランダ事務長との会話はいつの間にか終了している。今の話を聞き、「私は知らないよ」と責任回避のために逃げたらしい。

「それでだ小僧。面白い観光先を教えておくれ」

「俺に⁉　うーん、面白いかぁ……」

さあ困った。

神目線の「面白い」とは？　人間独自の機械化が発展した都市、珍しい文化芸術が発展した都市、それとも遊戯が盛んな地域か。

「本当は俺らのルインを紹介できたらいいんだけど……俺ら本部に行く予定だし。ルイン以外のお勧めの観光地ってあるかパール？」

「あ、あたしは全然詳しくないですよ!?」

「じゃあネル」

「私は生まれも育ちもマル＝ラだから……」

「レーシェ」

「いっそダーツで決めればどうかしら」

三人の少女たちが次々と即答。

といっても誰一人として明確な答えを出してくれないのが、予想どおりではある。

「……わかった。じゃあええと……そうだ、『○×ゲーム』した紙がまだあったっけ」

メモ帳を取りだして世界地図を書き殴る。

最後に、その一点に「☆」マークを付けたら完成だ。

「俺のお勧めはこの都市だ。現在地がここ。数百キロ離れてるけど神なら平気だろ？」

「おお！　じゃあ行ってみるかい」

紙をクシャッと握りしめ、タイタンがもう片手をこちらに伸ばしてきた。

「小僧」

握手かな？

そう思って差しだしたフェイの手は空を切った。

「……え？」

　タイタンの無骨な手がこちらの後頭部に回されて――気づいた時には、フェイは問答無用で引き寄せられて力いっぱい抱擁されていた。

　溶岩のように熱い肌。

　それでいて驚くほどに柔らかい胸に、思いきり顔をうずめさせられて。

「――っ⁉」

「これが人間の作法だろ。観光地を教えてもらった礼だ」

　どんな作法だ。

　そう言いたくても息が出来ない。それほど強く胸に抱き寄せられたフェイが、なんとか声を振り絞ろうとした矢先。

「こら――――っ！」

「さっさと行きなさい！」

「そ、それは反則ですぅ！」

「この部外者が！」

　恥ずかしさで顔を赤らめたフェイ以上に。

　怒りで顔を真っ赤にしたウロボロス、レーシェ、パール、ネルの四人に背中を蹴られ、タイタンは空高くへと吹き飛んでいた。

「おおおおっ⁉　なんだなんだ、これも遊戯か⁉」

空中で、タイタンがくるりと反転。

溶岩色の髪を大きく振り乱し——フェイがそれを見上げた時にはもう、タイタンの姿は上空から消えていた。

「じゃあな小僧。この先の遊戯も楽しむがいい」

たった一言。

風に乗って運ばれてくる言葉を、残して。

2

秘蹟《ひせき》都市ルイン。

大陸に点在する離れ都市《アイルシティ》、その中でも最大級の都市の一つである。

並木道は美しく整備され、そこを走る電気自動車はどれも目新しい。

顔を上げれば、そこには鈍色《にびいろ》に輝く高層ビル群。その区画の先に一際高い神秘法院ビルがそびえ立っている。

「お帰りフェイ君」

一階ホールで、ミランダ事務長が陽気に手を振ってきた。

「レオレーシェ様とウロボロス様もお疲れ様でした。ご苦労ネル君、あとパール」

「あたしの扱いだけ雑っ⁉」

「パール君も長旅ご苦労だったね。列車のなかで食べたであろう特製エンジュ弁当の味も気になるところだけど」

事務長が、眼鏡《めがね》のブリッジを押し上げる。

「さてフェイ君。お疲れのところ悪いけどさっそく報告を聞きたいね」

「ケイオス先輩のことですよね」

「それもあるし、君たちのチーム名のことも。あと本部に行くのなら日程もね。とにかく聞きたいことが山積みなんだよ」


朝陽《ひ》のさしこむ執務室にて。

ミランダ事務長が、テーブルに積まれたお土産の箱を何とも不審そうに指さした。

「……フェイ君、これ何？」

「俺からのお土産です。遺跡都市エンジュの遺跡クッキー」

「じゃあこっちは？」

「あたしからのお土産の遺跡カステラです」

「……こっちは？」

「それは私だ。事務長に是非この遺跡チョコをと思って買ってきた」

「全部遺跡じゃないか……」

ミランダ事務長がハァと溜息《ためいき》。

ちなみにテーブルにはさらに二箱。レーシェのお土産「遺跡せんべい」とウロボロスのお土産の「遺跡チップス」も積まれている。

「噂《うわさ》には聞いていたけど、噂以上に何もない都市だってのはわかったよ」

「事務長は行ったことないんですか？」

「うん。だからケイオス君が、あんな寂れた都市に引っ越したと知って驚いたのさ」

さっそく遺跡クッキーの箱を開けるミランダ事務長。

石柱型のクッキーをいかにも残念そうに見つめた後、ひょいっと口にして——

「ふむ。味は砂糖と……っっ⁉　うげ、苦っ⁉　フェイ君これは⁉」

「灰です。遺跡都市に積もってる火山灰入りなので」

「……できれば次は、なるべく奇抜でない味のお土産を選んでおくれ」

クッキー箱に蓋を被《かぶ》せるミランダ事務長。

こっそり小声で「残りは部下に食べさせるか」と呟《つぶや》くのが聞こえた気がしたが。

「いやはや驚くよね。本当に遺跡以外のものがない。ケイオス君はどうしてそんな都市に引っ越そうと思ったんだか」

それだ。

自分《フェイ》も、列車の中でずっと考え続けていた。

……ケイオス先輩の目的は、あの遺跡くらいしか候補がない。

……古代魔法文明の遺跡だ。

だとしたら。

彼《ケイオス》が別の都市に移ったのは、彼の目的＝調査を終えたから？

……ケイオス先輩はどこへ行ったんだ？

……遺跡都市で目的を果たしたなら、ルインに戻ってくるのが普通じゃないのか？

だが彼《ケイオス》は戻ってきていない。

遺跡都市エンジュで何かしらの調査を終えた後、彼はどこへ行ったのか。

「ちなみにフェイ君さ」

事務長が、机の角に腰かけた。

気まぐれな雑談でもするかのような気楽な様子で。

「ケイオス君を探すのはまだ続ける気かい？」

「………」

「おや、渋い表情だね」

顔に出ていたらしい。

面白がるミランダ事務長に、フェイはわざとらしく溜息《ためいき》をついてみせた。

「……実は、やめとこうかなって」

「あれ？　意外な返事だね」

「俺、どうにも人探しは運に恵まれないんで。何十日かけても見つけられる気がしないんですよ……」

前例がある。

そもそも「赤い髪のお姉ちゃん」を半年間探し続けた結果、まるで手がかりを得られずルインに帰ってきたばかりなのだから。

「ああそっか。フェイ君って現実《リアル》の運はからっきしだもんね」

ポンと手を打つミランダ事務長。

「それで話が通じたよ。手がかりなしにケイオス君を探すのは諦める。かわりに――」

「はいっ！　神秘法院の本部に行くのです！」

ここぞとばかりにパールが挙手。

「迷宮ルシェイメアの謎が残ってます。いったい誰によって、世界中の使徒たちがあの迷宮に集められたのか！」

そう。

ウロボロス曰《いわ》く、あの事件には神の悪戯《いたずら》が仕掛けられていた。

仕掛けられていたのは神眼レンズ。

〝こいつが悪戯《いたずら》の元さ〟

〝迷宮に集められた人間は全員コレを持っていたんだろ？　このレンズは神の首輪。首輪の鎖を引っ張ることで人間を迷宮《ルシエイメア》にまとめて引き寄せられる〟

飼い犬の首輪を、紐《ひも》で引っ張るように——

神眼レンズという名の首輪をつけた使徒が、世界中から迷宮に引き寄せられていた。

このレンズの配布元こそ本部。

……問題は、本部の「誰が」「何を意図して」やったかだ。

……こんな世界規模の超常現象は、人間ができる域を遥《はる》かに超えている。

犯人は神々。

〝何かの神がいる。それも複数〟

神話都市ヘケト＝シェラザード。

神が四体いる。

ここまではウロボロスの探知で判明している。だから本部に向かうのだ。

「……まあ気になるよね」

事務長が、手のひらを額に押し当てながら。

「たとえばだよ？　迷宮のあの事件も、神さまにとっちゃ無邪気な冗談だったり挨拶の類《たぐい》かもしれない。でも人間《わたしたち》にとって神さまの悪戯は大きすぎる。神秘法院としちゃ二度とあんな真似《まね》をされちゃ困るんだよね」

まさに正論。

事務長の弁はフェイにとっても異論はない。ただし一つだけ――

……違うんだ。

……迷宮ルシェイメアの事件は、冗談とか挨拶の類じゃない。

明らかな故意。

それも並々ならぬ覚悟を持つ神の犯行であるというのが、自分《フェイ》の推測だ。

〝私は人間も、この世界も、神々もみんな大好きです。好きだから守りたい。だからこそ「神々の遊び」は存在してはいけないのです〟

無明の霊的上位世界《エレメンツ》で――

正体不明の神がそう言ってきたのだ。迷宮ルシェイメアの黒幕と思《おぼ》しき神が。

……あんなの言われて気にならない奴《やつ》なんていない。

……あれはどういう意味だったんだ？

神の正体も、神の目的も。

自分《フェイ》はただ純粋に知りたい。それが結果としてミランダ事務長の目的とも一致したと言うべきだろう。

「私も、事務長殿に一つ聞きたいのだが……」

ソファーに正座するネルが、姿勢を正した。

「本部と支部の世界会議があったはずだ。そこでは神眼レンズへの細工の証拠を提示できなかったと……」

「うん。証拠不十分」

事務長があっさり頷《うなず》いて。

「肝心のウロボロス様が面倒くさがって会議不参加。おかげで誰も神眼レンズの仕掛けを立証できなかった。本部の容疑も宙ぶらりんのまま。……ああ言いたいことはわかるよ。こんな状態じゃ、本部に突入捜査なんて大義名分が立たないってことだろ？　まったくネル君は本当に頭がロンズデーライトなんだから」

「ロンズデーライトっ⁉」

「頭が硬いってこと。ちなみにダイアモンドより硬いらしいよ。豆知識ね」

事務長の指先がモニターに触れる。

と同時に、フェイたちの座るソファーの前で巨大スクリーンが起動。そこに映しだされたのは空飛ぶ都市の映像だ。

「神話都市《ヘケト＝シエラザード》に行くなんて観光目的でいいんだよ。君たちは神々の遊びで激闘続きだった。骨休みって名目で誰も文句は言えないさ」

「……な、なるほど？」

「私としては君らに任せておきたい気持ちもあるんだけど……んー。しょうがないなぁ」

ミランダ事務長が背伸び。

両手をぐっと天井へと伸ばし、凝り固まった肩をほぐしながら。

「今回は私も行ってあげよう」

「なんと!? 事務長殿が自らか!?」

「まあねえ。今回の件って事務方の領分もあるし、さすがに使徒《きみら》に任せっきりにはできないし。本部と交流するにしろ事務方がついていた方がいいだろ？」

「事務長！」

感極まったパールが、ミランダ事務長の手を熱く握りしめた。

「あたし誤解してました！　面倒事は使徒《あたしたち》に任せっきりにする人かと思いきや、事務長にもちゃんと人間の血が流れてるんですね！」

「ははは、大船に乗ったつもりでいたまえパール君」

パールの手を握り返す事務長。

「私もここのところ事務仕事ばかりで少々飽いてきてね。気分転換とバカンスにちょうど良い。本部のある神話都市はパンケーキの名店もあるっていうし」

「感動が台無しですぅ!?」

「ともかく口実は私が考えておくよ。そうと決まればさっそく日程調整だ。私が有給を取れる日だと出発は明後日《あさって》……あ……」

そこまで言って。

ミランダ事務長が、ふと思いだしたように宙を見上げた。

「……そうだ、明後日は役員会議がある。なら週末は………いや週末はルイン支部の予算編成が……そうなると来月も同じだから……出発は……」

モニターに映しだされるスケジュール帳。

今日も明日《あした》も、その次も、すべて分単位で予定が刻まれている画面を延々とスクロールしていくのだが――

「フェイ君」

「はい」

「私が有給を取れそうなのが二年後の夏なんだが」

「それは流石《さすが》に」

「……だよねぇ。ま、何とかするよ……死ぬ気の残業で……はぁ」

泣きそうな声でそう呟《つぶや》いて。

ミランダ事務長は、がっくりと肩を落としたのだった。

3

神秘法院ビル、十七階。

レーシェの部屋は、この来賓用フロアにある特別顧問室である。

「──善は急げっていうもんな」

応接間を兼ねたリビング。

トランプやダーツ、ルーレット。様々な遊び道具が転がる部屋で、フェイは通信機を懐にしまった。

「事務長、無理やり来週に休み取ったって。俺たちはそれまで待機」

「……待機というと？」

「そりゃあ俺たちがやるのは遊戯だろ」

フェイとパールがそんな会話を交わしている目の前で──

「ほほう？　これが『転生ゲーム』か。人生で起きるイベントがマスに描かれて、そこを通過しながらゴールを目指すんだね」

神《ウロボロス》が、興味津々《しんしん》に賽子《ダイス》を転がした。

止まったのは６。

テーブルに広げたゲーム盤上で、その目の数だけ駒を動かしていく。

「おっ、給料日マスに止まったよ。なになに？　自分の職業に応じた給料をもらえますと。我は無敗だから一億ゴールくらいもらって――」

「って何してるんですか!?」

「待つのだ無敗殿！」

札束（偽《にせ》）を鷲《わし》づかみにするウロボロスに、パールとネルが割って入った。

「無敗なんて職業はありません！」

「無敗殿はただの会社員だから一万ゴールだな。この紙幣一枚だ」

「むぅ……」

紙束を没収され、ウロボロスがいじけた表情。

「でも胸ちゃんが『政治家』で、尻ちゃんが『社長』。どっちも我より給料が高いじゃないか！」

「転職マスに止まればいいんですよ」

「その通り。私たちより給料を稼げる『アイドル』になることもできるぞ」

「なる！　我は歌って踊れる神アイドルになるよ！」

目を輝かせるウロボロス。

なぜか人間世界の人気者になると言いだしたのだが、パールもネルも、そしてフェイも追及する気はない。

「次は人間ちゃんの番だよ」

「ええと俺の目は3で……げっ！『あなたの家は泥棒に入られた。資産の半分を失う』。まあいいや、それよりさウロボロス」

「ん？」

「ミランダ事務長が気にしてたんだよ。俺たちは本部のある都市に行くけど、お前はどうなのかなって」

「ほほう？　我に同行してほしいと？」

転生ゲームのマス目をじーっと見つつ、ウロボロスが横目に見返してくる。

ニヤリ、と。いかにも自信に溢《あふ》れた笑みで。

「我は人気者だからね。転生ゲームじゃ会社員でも現実はアイドルだし？」

「……いつからアイドル路線だったのか気になるけど。とにかくほら、正体不明の神さまに二回も邪魔されて怒ってたじゃんか」

迷宮ルシェイメアでの強制退場《ログアウト》が一度目。

二度目が、その後の巨神像へのダイヴ時だ。自分たち《フェイ》が神樹の森に突入するなか、一人だけ弾《はじ》かれて「もぉまたか――――っ！」と憤慨していたが。

「いちいち気にしないよ」

当のウロボロスは、にこにことゲームボードを見つめたままだ。

「遊戯こそ全て。怒ってるより遊んでる方が楽しいじゃないか」

「……まあ確かに」

「我は真理に到達したんだよ。怒って食べるピザよりゲームをしながら食べるピザの方が美味《おい》し――お？」

ウロボロスが再び転がした賽子《ダイス》。

その目に従って進んだマスには、大きな文字で「結婚」と書かれていた。

「えーと一番近いマスにいるプレイヤーと結婚。我と一番近いのは、後ろにいる……っ！人間ちゃん！　人間ちゃんじゃないか!?」

ウロボロスが振り向いた。

なぜかここぞとばかりに声を張り上げて。

「人間ちゃんと我が結婚だよ！」

「え？　ああいや、まあお決まりのイベントだしな」

転生ゲームの定番イベントの一つである。

フェイたちは何度も遊んでいるから見慣れたものだが、初体験のウロボロスは――

「ど、どどどうしよう！　我、着物は黒しかもってないんだよ。こういう時は白無垢《しろむく》という真っ白な着物を羽織ると聞いたことが！」

「過去一で動揺してないか!?　いやいやいや」

これは遊戯だから。

そうフェイが言いかけた矢先。

「あはは、ウロボロスさんってば大丈夫ですよ、これは単なる遊戯です。遊戯」

パールのおっとりした微笑。

慌てるウロボロスと対照的に、落ちついた大人の余裕さえ感じさせる口ぶりで。

「本気で考えなくていいんですよ。ねえネルさん？　レーシェさん？」

「うむ、無敗殿も珍しい勘違いだな」

「そうそう。結婚マスに止まったくらいで大げさねぇ」

顔を見合わせるパール、ネル、レーシェの三人。

転生ゲームを遊び尽くした熟練者目線による「慌てちゃって可愛《かわい》い」と、余裕の微笑で見守っていたのだが。

「お？　また新しいマスだ」

ウロボロスが次に賽子《ダイス》を振った時、三人の少女たちの目つきが変わった。

それは可愛い赤ちゃんが描かれたマス。

「……ほう子供マス？　つまり我と人間ちゃんの――――」

『やめろおおおおおおっっ！』

「え⁉　な、なんだい尻ちゃん胸ちゃん竜ちゃん⁉　さ、三人とも我のターンに何をす――うわぁぁ――っ！」

雪崩《なだ》れ込《こ》む三人。

倒れたウロボロスの上に次々と乗っかっていくではないか。

「今よ！」

「は、離せ竜ちゃん⁉　我はただ人間ちゃんと温かい家庭を――むぐぅっ⁉」

レーシェに羽交い締めにされたウロボロス。

その口めがけてネルとパールが食パンをねじこんで黙らせる。

かくして転生ゲーム中断。

「……もぉ。何なんだい」

ジャムを塗った食パンを食べつつ、ウロボロスは不満げだ。

「せっかく我と人間ちゃんの幸せ結婚生活が始まるところだったのに」

「ダメです！」

突っ込んだのは、こちらもジャムパンを囓《かじ》っていたパールだ。

「人間と神さまで結婚だなんて。あまつさえ子供なんてありえません。人間と神のハーフになっちゃうじゃないですか！」

「そんな驚くことかい胸ちゃん？」

対するウロボロスは、「何を驚いているんだい？」とでも言いたげな面持ちだ。

ゴロンと床に転がりながら――

「神々の遊びに十勝するのも似たような話だろ。人が神になることがありえる以上、ハーフの子供がいたっておかしくないじゃないか」

「……へ？」

「え？」

「何だって？」

パールが、ネルが、そしてフェイが。

応接間で寛《くつろ》いでいた三人が、まったく同時に声を出していた。

「無敗殿!?」

ネルがソファーから飛び起きた。

「今の話はどういうことだ！　神々の遊びに十勝することと、人間と神が……その……ハーフだとか……」

「そのままの意味に決まってるじゃないか尻ちゃん」

床に寝そべるウロボロスが、何とも飄々《ひょうひょう》とした口ぶりで。

「神々の遊びで十勝すると完全攻略《クリア》。ご褒美がもらえる」

「……そこまでは私も知っているが」

「あれー？」

ウロボロスがひょっこりと起き上がった。

「尻ちゃん。そこまで知ってて、肝心の神の栄光《セレブレイシヨン》の中身を知らないのかい？　完全攻略《クリア》でもらえるご褒美はね」

神の栄光《セレブレイシヨン》——神に加わる権利が与えられる。

神々に十勝した人間は、全知全能の神々の仲間入りを果たす。

つまり神になれる。

「…………」

「…………」

「…………」

しばし無言で顔を見合わせる。

三人が三人とも口をつぐみ、真顔に近い無表情で——

「……フェイさん」

沈黙に包まれかけた部屋で、パールの、独り言じみた呟《つぶや》きがこだました。

「フェイさんは、ソ・レご存じでしたか」

「……まさか」

神々の遊びは、人類未攻略。

神の栄光《セレブレイション》を完璧に知る者はいない。いなくて当たり前なのだ。ただし古くから囁《ささや》かれているのが「好きな願いを叶《かな》えてもらえる」という、何とも都合の良い噂《うわさ》である。

ただし自分《フェイ》は、レーシェに訊《たず》ねたことがある。

その時に語られた神の栄光《セレブレイション》は——


〝噂で大体あってるわ。神さまが願いを一つ叶えてくれるって〟

〝完璧な正解ってわけでもないと？〟

〝願いを一つじゃなくて、百でも千でも好きなだけどうぞ〟


あれは副次的な回答だったのだ。

自分《フェイ》はあの時、「無限に願いを叶えてもらえる」が神の栄光《セレブレイション》そのものと勘違いした。

神の栄光《セレブレイション》の本体は――

全知全能の神になれること。

それこそが本体で、「好きな願いを好きなだけ」は、万能の神になることで叶えられる副次的ご褒美《オマケ》に過ぎなかった。

……そっか、なるほどね。

……レーシェの願いは「神に戻る」。そっちこそが神の栄光《セレブレイション》の本体だったわけか。

レーシェは隠していなかった。

むしろ何より明確に真のご褒美を提示していた。勘違いしたのは自分の方だ。ちなみに当のレーシェは、シャワーを浴びている最中なのだが。

「……とはいえなぁ」

「ん？　どうしたんだい人間ちゃん。そんな渋い表情《かお》して」

「……うーん」

「胸ちゃん？　何を悩んでいるんだい？」

「……悩ましいな」

「尻ちゃんまで腕組み？　どうしたんだい？」

ウロボロスが不思議そうに首を傾《かし》げる。

自分たち三人がなぜこうも眉間に皺《しわ》を寄せているのか……全知全能の神だからこそ理解

できないに違いない。

だがフェイはもちろん、パールもネルも心境は同じだ。

――不完全な人間だからこそ。

――「願いを叶《かな》えてもらう」ことが容易に叶わない身だからこそ。

願いを実現することに焦がれるのだ。

「言ってみなよ人間ちゃん！」

「いや、俺らも悪い話じゃないのはわかるんだけど……」

不思議がるウロボロスに、フェイは苦笑いで応えてみせた。

「なんていうか、ずっと住んできた家があるのに、急に豪華マンションの一室をあげると言われた感じ？　俺らにはもう愛着のある家があるわけで……」

「あ、あたしも同感です！」

「うむ。私としても、別に神さまになるというより、ただ願いを一つ叶えてもらうだけで十分すぎると思っていたな……」

次々と頷《うなず》くフェイ、パール、ネル。と――

その三人の後ろから、鼻歌まじりの足音が聞こえてきた。

「別にどうとでもできるわよ」

涼しげなタンクトップ姿のレーシェ。

ほのかに上気した頬《ほお》に、濡《ぬ》れそぼった炎燈色《ヴァーミリオン》の髪をタオルで拭きながら。

「十勝して神になるでしょ。それで好きな願いを叶えたあとで人間に戻ればいいの。わたしがその例だもん」

元神さまのレーシェの願いは神に戻ること。

つまり神↓人間↓神への戻りだが、フェイたちはその逆。人間↓神↓人間に戻ればいい。

レーシェという実現例もある。

「な、なるほど？」

ネルが思案げに頷く仕草。

「……まだ抵抗感はあるが、戻ってこれるならば……どうだパール？」

「あ、あたしもまあ……そうとわかっているなら心の準備ができるといいますか……」

「そういうわけだよ！　なら話はおしまい！」

ウロボロスが、勢いよく賽子《ダイス》を手に取った。

さらに転生ゲームの駒を摘《つま》んで。

「転生ゲームの続きだ！　ええと我が子供マスに止まったから、人間ちゃんと幸せな家庭生活を――――」

『だからやめろおおおおおおっ！』

「な、なんだい!?　これは遊戯だよ!?」

子供マスに向かわせようとするウロボロスは、目を血走らせた少女三人によって再び羽交い締めにされたのだった。

——結論、別の遊戯をしよう。

テーブル上に積み重なっているボードゲームから、次は何を遊ぼうか。

「この遊戯はなんだい？」

「これは流行のマーダーミステリーです」

「うむ。みんなで殺人犯を推理していく類《たぐい》だな」

ゲーム選定中のウロボロスとパールとネル。

そんな三人を部屋に残し、フェイとレーシェは十七階の休憩コーナーに立っていた。

自販機の前である。

「ねね、フェイは何飲むの？　サイダー？　ジンジャエール？」

「飲むヨーグルト」

「もうサイダー買っちゃったわ」

「今のやり取り必要あったか!?」

「だってソーダだと思ったんだもん。っていうわけでハイ！」

レーシェに缶ジュースを押しつけられた。

中身はもちろんサイダーだが、それを渋々受け取って。

「そういえばレーシェさ」

「なに？」

「さっきのウロボロスの話、驚いたよ。俺も勝手に勘違いしてた」

缶のプルタブを引き上げる。

ぷしゅっ、と充満していた炭酸ガスが抜ける音を聴きながら。

「レーシェの言ってた十勝のご褒美、あんな意味だったのか。神さまの考えるご褒美ってのは規模《スケール》がデカいんだな」

「わたしの説明そう違ってないでしょ？」

「……だいぶ違うだろ」

レーシェがニヤニヤ笑い。

もしかしたら――初めて会った時から既に、この元神さまの頭の中では、こうして驚く自分《フェイ》の姿がおぼろげに浮かんでいたのかもしれない。

「俺は正直、神さまにはならなくてもいいなって気がしてるんだけど」

「うん」

「逆にレーシェは神さまに戻りたいんだろ。神さまに戻って何がしたいんだ？」

「――」

炎燈色《ヴァーミリオン》の髪をした元神さまが、きょとんと口をつぐんだ。

真顔のような無表情のようなまなざしで宙を見上げて。

「……そっか。まだ話したことなかったっけ」

荘厳。

ぽつりと呟《つぶや》かれた言葉には、神に相応《ふさわ》しい言霊《ことだま》が込められていた。

「わたしが神々の遊びを司《つかさど》る神さまだった時代の、そのさらに前――」

竜神レオレーシェの時代とは、古代魔法文明の頃だろう。

だが、そのさらに前？

「前世って言えばいいのかしら。でもさっきのゲームみたく転生したとか生まれ変わったわけじゃなくて、わたしはわたし……でも、この世界に来る前のわたしは、だいぶ違ったわたしだったのよね」

「ん？」

この世界に来る前――

まるで別世界からやってきたと、そう含ませたような表現だ。

「神さまになる前もわたしは竜だった。でも今のわたしと違ったのよ。意外と思われるだろうけど……わたし、暴れん坊の竜だったのよね」

「何も意外じゃない」

「なんで!?」

何一つ変わってないじゃないか。

そう言いかけた衝動をこっそり抑えつつ、フェイが言葉を続けようとした矢先——

「*Calra -L- Bedius Leo Lecie*《カルラ・ル・ヴェディウス・レオ・レーシェ》
カルラって呼ばれていたかしら」

「……何の暗号?」

「その時のわたしの名前。その頃は……今みたいにレオレーシェでもレーシェでもなくて、
レーシェの微苦笑。

いつも底抜けの笑顔を絶やさない彼女が、滅多《めった》に見せない「苦笑い」で。

「この名前の意味はね、『悲しき赤病の冬姫』」

「重《おも》っ!?」

「そうよ。悪い竜だもん。その頃のわたしずーっと苦しくて、暴れてて……気が気でなくて……でもある時、目の前が……こう……真っ白に……ううん虹色に包まれて……それで、気づいたらこの世界の神さまになってたのよね」

ぶらん、ぶらん、と。

ブラッドオレンジの缶ジュースを小さく振りながら。

「なんて素敵な世界だろうって思ったの。この世界は争いがない。神さまも人間も遊戯を楽しむことができるなんて」

「…………」

「あ、わたし、戦いから解放されたんだ……って思ったわ。この世界は遊びが許される。きっと、ここは苦しいことが終わった後の『ご褒美』の世界なんだって」

レーシェが振り向いた。

陰のある回想の表情を吹き飛ばし、嬉《うれ》しそうに目を細めた笑顔で。

「わたし、この世界が好きよ。神に戻りたい理由も同じ。神に戻ってもっともっと沢山の遊戯を遊びたい！　ただそれだけ」

これを超える願いなんてない。

そう言いたげな満面の笑顔で、炎燈色《ヴァーミリオン》の髪の少女は断言してみせた。

「……根っからの遊び人だなぁ」

「それよ！」

「何が？」

「ほら前に話したでしょ。わたし、人間との隠れんぼで湖の水底《みなそこ》に隠れてて——」

「あー……待ち疲れて寝ちゃってたって逸話か」

盛大に寝過ごした。

うっかり三千年寝過ごして現代に至るというわけだ。

「結局、わたしが寝てる間に古代魔法文明はなくなってたし」

レーシェがやれやれと溜息《ためいき》。

「この時代に目覚めてそれが一番ビックリしたわ」

「……古代魔法文明、か」

偶然か？

思えば自分の旧チームリーダーのケイオスが、何かを調べていたのは遺跡都市エンジュ。まさに古代魔法文明の遺跡があった場所だ。

「レーシェはさ、自分が眠っていた間に古代魔法文明に何が起きたのか気になったりは？」

「気になるわよ」

ぷしゅっ、と缶ジュースのプルタブを引き上げるレーシェ。

「でも調べようがないもん。フェイと会う前だけど、ミランダにお願いしてあらゆる資料を集めさせたし」

「……古代魔法文明のことはわからなかった？」

「でもいいの」

レーシェが頷《うなず》く。

それはまるで、レーシェ自身に言い聞かせるかのような仕草だった。

「神さまに戻れば解決するわ」

「……それは確かに」

神は全知全能。レーシェが神に戻れば、古代魔法文明のことも超知覚で突きとめられることだろう。

「あとフェイのお願いは、フェイが神にならなくてもいいわよ。わたし一人が神に戻れば叶《かな》えてあげられるし」

クスッと口元をやわらげて、レーシェが缶ジュースを前に突きだした。

──乾杯。

その缶ジュースに、フェイも缶ジュースの縁を軽くぶつけて。

「『赤い髪のお姉ちゃん』だっけ？　フェイに遊戯を教えてくれたお姉さんを見つけるんでしょ？」

「もちろん。ここまで来たんだから」

上目遣いのレーシェに、フェイは力を込めて頷《うなず》いた。

「俺の全力で挑むよ。神々の遊びの完全攻略《クリア》を目指して」

現在七勝。

前人未踏の十勝まで、あと三勝。

Chapter

Intermission 暇を持て余した神さま

God's Game We Play

この世界は、人間にとって時に過酷だ。

約二パーセント――

世界大陸に占める、人類の全都市を合わせた面積割合である。

残りは、秘境。恐竜《レックス》と呼ばれる巨大原生生物が闊歩《かっぽ》する草原。人間が一時間と経《た》たずに倒れる灼熱《しゃくねつ》の砂地獄……。

だから人間は開拓するのだ。

神々から授かった神呪《アライズ》を活《い》かして、現実世界の道を切り拓《ひら》いていく。

猛毒の湿地帯を。燃えたぎる火山地帯を。険しき密林を。

――だが。

そんな人類の挑戦の前に立ちはだかる壁が、過酷な大自然である。

「撤退だ！」

「……だめです隊長！　取り囲まれています、恐竜《レックス》に！」

嵐の連峰グラシャラ＝プルス。

前人未踏の断崖絶壁に挑んだ開拓チームは、吹きすさぶ嵐に巻きこまれて撤退。だが、その帰路に待ち受けていたのが獰猛《どうもう》な恐竜《レックス》の群れだった。

「魔法士部隊！　撃て、あのデカブツを寄せ付けるな！」

「や、やっています！　ですが……当たらないんです！」

この肉食獣は魔法を避ける。

開拓チームが幾たびもこの山を訪れるたびに、恐竜《レックス》たちもまた学習していたのだ。

火球も、氷柱《つらら》も、雷も。

馬よりも強靱《きょうじん》な脚力で跳ぶ恐竜《レックス》に、魔法が次々と空を切る。

「馬鹿な⁉」

「せ、接近されま！……うわぁぁぁぁぁぁxっっっっ⁉」

悲鳴。

ぬめりと輝く口腔《こうこう》を開き、恐竜《レックス》が隊員たちへと飛びかかり――

その恐竜《レックス》が摘みあげられた。

人間に飛びかかろうとした恐竜《レックス》が、宙に浮いたのだ。

子猫のように軽々と。

首根っこを掴《つか》まれ、手足をバタバタと動かして抵抗するがまるで意味が無い。

「……え？」

腰を抜かした開拓チームが見上げるなか、恐竜《レックス》が崖下に放り投げられていく。

「……な、……え……な、何だこの……」

ぽいぽいと。まるでゴミ捨てのように。

一体摘《つま》み上《あ》げられては放り投げられ、また一体放り投げられて。人間を取り囲んでいた恐竜《レックス》の群れが、あっという間に崖下に投げ捨てられていた。

「………嘘《うそ》でしょ……」

ふらふらと、腰を抜かして座りこむ女隊員。

彼女が見上げる先には一体の神がいた。元使徒ならば誰しもが神秘法院のデータベースで一度は見たことがあるだろう。

高層ビルにも匹敵する溶岩色の巨人――

大地の賢人「巨神」タイタンが、自分たちを見下ろしていた。

「タイタン!?」

「ここは霊的上位世界《エレメンツ》じゃないぞ!?　な、なんで神が人間の世界に……!?」

神は動かない。

足下の人間たちをじーっと見つめているばかり。

「あ、あのぉ……」

『――――』

途端。

巨神タイタンが爆発した。

全身を構成していた溶岩色の岩が、まるで風船が膨らんで弾《はじ》けるように何千何万の破片となって破裂したのだ。

「うわっつっ⁉」

「そ、総員退避――っ！」

降りそそぐ巨岩。

押し潰されないよう開拓チームが逃げようとした、その瞬間。

「ちょい待ち」

力強くも陽気な声を響かせて、荒々しい岩肌に一人の女性が降り立った。

「驚かせて悪かったよ。ちょいと聞きたいことがあったんだ」

溶岩色の長髪を後ろで縛った女だ。

身長は優に百八十センチ以上。派手な色味をした着物姿で、大胆に開いた胸元からスタイルの良さが窺《うかが》える。

その彼女が、怯《おび》えた様子の人間たちを手招きしようとして——

「ん？ なんか驚かせたかい？」

きょとんと瞬《まばた》き。

「ああそうか、さては精神体《スピリチュアル》ってのが初めてかい」

「精神体《スピリチュアル》!?」

その場の開拓チームの誰もが、ハッと目を見開いた。

薄々勘づいてはいただろうが——

巨神タイタンと同じ溶岩色の長髪をした女が、あの巨神そのものだと。

「……………し、失礼。開拓チーム隊長、バッハと申します！」

壮年の男が咳払《せきばら》い。

「タイタン様とお見受けしますが……」

「お？ そうそう。わかってるじゃないか」

「っ！ や、やはり！ このたびは窮地を救っていただきありがとうございます！」

「ん？」

「……え？」

「窮地って何かあったのかい？」

「え……だって私たち……恐竜《レックス》の群れに襲われて危ういところでしたが……それを助けに来てくれたのでは」

「──なるほど？」

顎に手を置く巨神タイタンが、神妙な面持ちで頷《うなず》いた。

「あたしはてっきり、鬼ごっこの最中とばかり」

「………………」

「遊戯を邪魔して悪いねと思いつつ割って入ったが、結果的に何よりじゃないか」

「……は、はぁ」

捉え方の規模が違い過ぎる。

恐竜《レックス》の群れからの必死の逃走が、神の俯瞰《ふかん》では鬼ごっこ《おいかけっこ》に見えたらしい。

「ところでお前たちに聞きたいことがあるんだよ」

「な、何でしょう⁉」

まさかの神からの問いかけである。いったいどんな珍問奇問か──開拓チームがごくりと息を呑《の》む前で、タイタンが左手の袖口から何かを取りだした。

手書きで記された世界地図の、☆マークで囲まれた都市を指さして。

「聖泉都市マル＝ラってのはどこだい」

「……マル＝ラ、ですか？」

「そう。ちょいと人間世界の観光がしたくてね。ここなら発展してるし面白い人間がいるって聞いたのさ」

「……聖泉都市マル＝ラは……」

「うん」

「…………聖泉都市マル＝ラはですね……」

開拓チーム隊長のバッハは、怖《お》ず怖《お》ずと連峰の向こう側を指さした。

「向こうです」

「ほう？　山を越えた先と」

「いえ。山の先の大樹海を抜けて大海を渡った先に広がる大砂漠のさらに向こうです」

「ん？」

ぽかんと口を半開きにするタイタン。

「そんな馬鹿な。あたしはちゃんと地図の通りに歩いてきたよ」

「……恐れながら、タイタン様は地図を逆さまに見てしまい、逆方向に歩いてき――」

「邪魔したね！」

巨神タイタンが身を翻《ひるがえ》す。

まさに神速の脚力で飛び上がるや、断崖絶壁（人類未踏破）をわずか数歩で駆け上がり、神は、瞬く間に山の向こうへと消えたのだった。

Chapter

Player.2 無敗の我と引き分けに持ちこむとはね！

God's Game We Play

1

『花宴《かえん》都市エアルリス行き特急列車、間もなく発車いたします』

秘蹟《ひせき》都市ルイン、中央駅。

銀色に輝く特急列車が留まるホームに、ミランダ事務長の怒号がこだました。

「パール君急ぐんだ。この列車に乗り損ねたら終わりだよ！」

「走れパール！」

「走るのよパール！」

「走るんだパール！」

「遅いぞ胸ちゃん！」

「あたしは悪くないですよおおおおおおおおっっっ！」

ずっしりと重い旅行鞄《かばん》をたすき掛けに、パールが息も絶え絶えに走ってくる。

ちなみにパール以外の全員――

事務長、フェイ、レーシェ、ネル、ウロボロスは既に列車のボックス席で優雅に寛《くつろ》いでいる状態である。

「元はといえば事務長が発車時刻を一時間間違えて……って、なんで寛いでいるんです!?　そこは全員で、一生懸命走るあたしを応援するところでしょう!?」

ホームに到着したパール。

全速力で改札を駆けぬけて、フェイたちの待つ特急列車へ。

「お待たせしました皆さん、主役は遅れてやってくるのです！　このパールが遂《つい》——」

その瞬間。

列車に飛び乗りかけたパールの目の前で——

『特急列車、出発します』

ガシャン、と。

パールの目の前で、列車の扉が無情にも閉まったのだった。

『……さよならパール』

「だからさよならじゃないですよぉぉぉぉっぉっっっ!?」

空間転移《テレポート》。

列車の外に閉め出されたパールの姿が掻《か》き消えて——次の瞬間には、ボックス席で寛ぐフェイたちの目の前に着地した。

「……ぜぇ……はぁ……も、もう……動けません……」

「いやぁ間に合って良かったよ」

事務長がアハハと誤魔化《ごまか》し笑い。

その手には飲みかけのビール缶。早くも旅行気分である。

「本部のある神話都市《ヘケト＝シエラザード》までは長旅だからね。この列車も直通じゃなくて経由地までだし。乗り遅れてたら大変だった」

「……そんな大切な列車で、集合時間を間違えないでください……」

「しかし私も、こんな遠出は初めてだ」

大陸の地図を広げたのはネルだ。

ここ秘蹟《ひせき》都市ルインから、大陸鉄道の線がはるか先にまで延びている。神話都市《ヘケト＝シエラザード》は、この鉄道をさらに乗り継いだ先にある。

「酸素濃度の低い高山地帯を通るうえ、その先は荒野……この鉄道の路線、恐竜《レックス》の縄張り《テリトリー》とも一部重なっているように見えるのだが」

「お、ネル君よく気づいたね」

早くも一本目のビール缶を飲み干す事務長。

ほぼ一気飲みのような早さだが、その顔色はまったく変わっていない。

「この鉄道ね、私も野生の恐竜《レックス》を何度か見たものさ。一匹じゃなくて群れで、すごい迫力だったねぇ。恐竜《レックス》の動物園のなかを進んでいく気分になったもんだよ」

「危険じゃないですか⁉」

「まあ落ち着きなってパール君。ほら、このポテトチップスでも食べてごらん」

顔を蒼白《そうはく》にするパールの前で、こちらは余裕のミランダ事務長。

「動物園って言っただろ。大陸鉄道の線路にはちゃんと獣避《よ》けの設備が整ってる。安全な車内から恐竜《レックス》を眺めるだけの観光さ」

その事務長が、自分《フェイ》をちらりと見やって――

「私たちはあくまで旅行。ただぶっちゃけ神話都市《ヘケト＝シエラザード》に入った瞬間、私たちは大騒ぎされるだろうね。私っていうかフェイ君が。神々の遊びで連戦連勝だし、もう神秘法院じゃ知らない者のいない有名人だよ」

「……そうなんですか？」

「フェイ君は、もうちょっと自分の偉業に自覚を持つべきだと思うんだけどねぇ。これ、前にも言ったけど」

窓枠に肘を乗せて、ミランダ事務長がやれやれと溜息《ためいき》。

「神々の遊びで連戦連勝もそうだけど、大きかったのは冥界神《アヌビス》の迷宮攻略をフェイ君が主導したことかな。あれは本部も感謝してた。つまるところ大喜びで歓迎されるのさ」

印象がまるで変わる。

ルイン支部が「本部《おまえたち》を調査しに来た」と突きつければ、本部も良くは思うまい。

だが観光で来たとなれば神話都市《ヘケト＝シエラザード》の市民から歓迎されるだろうし、それを見た本部も警戒を弛《ゆる》めるだろう。

「そうなりゃ本部の方から『折角《せっかく》来たんだからウチも見学しておいで』って提案が来る。フェイ君を本部に引き抜きたいって思惑付きでね」

あとはその誘いに乗じればいい。

堂々と神秘法院の本部に入り、そこにいる神四体をウロボロスが見つけだす。

「というわけですウロボロス様」

「んん?」

事務長の対面で、銀髪の少女が「呼んだ?」と顔を上げた。

口いっぱいにメロンパンを詰めこんでパンパンになった頬《ほお》のまま――

「人間」

無敗のTシャツを着た神が、ぎらりと目を輝かせた。

まだ頬をリスのように膨らませながら。

「我が、このメロンパンなる至高の菓子パンを味わっている至福の一時に、わざわざ声をかけて妨害とは……相応の要件だろうね?」

対して。

神に睨《にら》まれた事務長は、なんとフッと含み笑いで応じてみせた。

「もちろんです。列車旅行といえば欠かせないのが酒盛り」

「我は酒は呑《の》まないが？」

「はい。ですが、この燻製《くんせい》チーズは単体でも絶品なのです。どうか御賞味いただきたく」

チーズの欠片《かけら》を受け取るウロボロス。胡散臭《うさんくさ》そうに「ふーん……」と色んな角度で見回しながら、ひょいっと口の中に放りこみ――

「～～～～～～～～～～～～～～～～～～～～～っっ！」

ガタッと音を立てて、立ち上がった。

「こ、この奥深い味わいと薫り⁉　ピザに乗っていたチーズとは違う！」

「ふふふ……これが人類の叡智《えいち》。燻製チーズなのですよ。もう一ついかがです？」

「いる！」

「ささ、どうぞどうぞ。そのかわり神秘法院の本部では頼みましたよ」

「頼まれた！」

満面の笑みで応えるウロボロス。

目の前で事務長がクククッと実に邪悪な笑みを浮かべているのだが、燻製チーズの味に感動した神は気づかない。

「……事務長、いつの間にウロボロスの扱いに習熟して……」

「はっはっはフェイ君。いつの世も、仲良くなるには宴会こそが最適なのさ」

新たにチーズの袋を取りだす事務長。

「というわけでレオレーシェ様もお一ついかがです？」

「ミランダ、いま話しかけないで」

そんな事務長の隣の席で。

レーシェは黙々と、トランプでピラミッドを組み上げる一人遊びの最中だ。

列車が揺れたり加速減速を繰り返すためすぐにでも崩れてしまいそうだが、本人曰《いわ》く、この方が難易度が上がって面白いらしい。

「……ふふ、もうすぐよ……あと二段！」

美しく組み上がっていくトランプのピラミッド。

完成が近づくにつれ、レーシェの目つきも興奮していく！

「レーシェさん頑張って！」

「ありがとうパール！」

最後の一段。

残ったトランプ二枚を手に、レーシェがピラミッドの頂点を組み立てんと——

『緊急信号です』

キィッ！

金属が磨《す》り減《へ》る音を撒《ま》き散《ち》らし、特急列車が急ブレーキをかけたのはその時だった。

「おっと」

「きゃっ！」

列車が急停止。

その反動で、座っていたフェイたちも前につんのめる。

『現在、一キロ先を野生の恐竜《レックス》が走っているとの連絡がありました。安全確保のため当列車は、恐竜《レックス》の群れが通過するのを待って運転を再開いたします』

「……ビックリしたぁ。急ブレーキはそういうことでしたか」

パールが額の汗を拭う。

「ね、レーシェさん？　いきなり急ブレ……」

言葉なかばでパールが凍りついた。

ぱらぱらと崩れていくピラミッド。急ブレーキの衝撃に耐えきれず、レーシェの努力は何とも虚《むな》しく水泡に帰していったのだ。

「――――」

レーシェの沈黙。

最後の一段を飾るはずだったトランプ二枚を手にしたまま、放心状態である。

「今の……誰のせいかしら……パール」

「あ、あたしじゃないですよ⁉　列車が急ブレーキをしたから！」

「……なぁるほどぉ？」

ゆらり、と。

レーシェの全身に、うっすらと炎のようなものが滾《たぎ》っていく。

「──つまり列車の車掌のせいね」

ヤバい。車掌の命が危うい。そう判断したパールの動きは早かった。

立ち上がろうとするレーシェに抱きついて。

「い、いや訂正です！　列車の急ブレーキは恐竜《レックス》のせいですから！」

「──じゃあ滅ぼすべきは恐竜《レックス》」

「滅ぼしちゃダメですよ⁉　ま、待ってさらに訂正です！　恐竜《レックス》の群れが通り過ぎたのは、きっと大自然の……」

「──大自然を焼き払うのね」

「そうは言ってないですよ⁉　ま、待って下さい。きっとこうなったのは……運命とか、節理とかそういうもののせいです！」

「──やっぱり恐竜《レックス》を滅ぼすわ」

「だからダメですってばぁぁぁぁぁぁぁっっっっっっ⁉」

2

花吹雪の舞う都。

はらはら、と。

春も夏も秋も、冬さえも。四季を通して咲き続ける百年桜が連なる大通りは、風が吹くたびに何千何万枚という桜が雪のように降り積もる。

それが花宴《かえん》都市エアルリス。

「へえ。噂《うわさ》には聞いてたけど綺麗《きれい》だな……」

フェイが見上げた宙は、空を埋めつくさんばかりの桜、桜、桜。

風に乗って旋回する桜の花びらが、ひらりひらりとフェイの額や肩に降り積もっていく。

大雪のように花が降り続けているのだ。

「わっ！　すごいです！　こんな綺麗な桜吹雪、あたし初めて見ました！」

桜の花を手のひらで受けとめるパール。

ちなみにレーシェ&ウロボロスは「?」「何をはしゃいでいるんだい?」と不思議そうに首を傾《かし》げている格好だ。

「いやぁ風流だねぇ。ここはいつ来ても最高なんだよ」

一升瓶を手にしてミランダ事務長も上機嫌。

お酒を注ぐためのコップ無しで、なんと一升瓶をラッパ飲みである。

「ここは水も良いからお酒の質も良い。そして桜とお酒と言えば……わかるかなネル君？」

「……む」

ミランダにそう問われ、ネルが眉間に皺《しわ》を寄せた。

「私はまだ未成年だからわからないが……桜と酒といえば花見酒しか思い浮かばないが」

「温泉だよ」

舞い落ちる桜の花びらを、手のひらに乗せるように取る事務長。

「こうね……温泉に盆を浮かべて、そこに升酒を乗せてちびちびとお酒を呑《の》む！　これぞ大人の愉悦。人類が到達した人生の終着点だよ！」

「……しかし事務長殿？　過度の飲酒は身体《からだ》に悪いのではないか？」

実に満足げな事務長。

だがその説明を聞くネルは、みるからに表情を曇らせて。

「特急列車の中では缶ビール。この都についてからは一升瓶でラッパ飲み。さらに温泉に浸《つ》かりながら飲酒となれば酒浸りだ」

「……っ」

「そもそも私に言わせれば、酒など百害あって一利なし。酒に溺れる、酒に呑まれるという言葉もあるように、飲酒は依存症の危険がつきまとう。そうでなくても酒で腹を満たすことで満腹感が増して食事量が減り、規則正しい食生活にも支障が出ると聞く。おまけに酒を飲んだ酔っ払いの、あの暴力的で粗野な言動もただただ煩わしい。自分一人ならともかく、他人に迷惑を掛けることを私は許せな――」

「ああん？」

事務長がふらりと振り向いた。

手に空っぽの一升瓶を握りしめ、目を血走らせ――

「ねえネル君？　君が言うように飲酒が身体《からだ》に悪いのは事実さ。だがね……日々、君たち使徒のトラブルに巻きこまれたり、ほぼ丸一週間、不眠不休で仕事をするのとどっちが身体に悪いと思う？　たとえば引退済みの使徒が、突然にマル＝ラからやってきて復帰《カムバック》したいから賭け神《ブックメーカー》と戦わせてくれと無茶《むちゃ》を言ってくるとかね」

「〰〰っ!?」

ネルの目が見開かれた。

「そ、それは……！」

「復帰《カムバック》後もね。マル＝ラからルインに移籍したいって要望があったねぇ。聖泉都市マル＝ラから所属を変更するのも事務手続きがあるんだよ。そもそも賭け神《ブックメーカー》に通じる巨神像はウチでも何十年も使われてない代物《しろもの》で、その用意とか申請も大変だったんだ。あれも私が徹夜で書類を作ってねぇ」

「……あ、あの……それは……」

じりじりと詰め寄る事務長。

その迫力に圧《お》されたネルが、大通りの壁にまであっという間に追いつめられていく。

「……その……事務長殿には大変感謝し……」

「あの頃からなんだよねぇ、私の飲酒が増えたのは。仕事のストレスで眠れやしないから、酒の力で無理やり寝るみたいな生活が増えてねぇ。私をそこまで追い込んだ君が、いったいどの口で他人に迷惑を掛けることが許せな――」

「すいませんでしたぁぁぁぁっっっ！」

土下座した。

迫り来るミランダ事務長の圧力に耐えきれず、ネルはあっさりと屈服したのだった。

温泉街。

花宴《かえん》都市エアルリスを訪れる観光客の目当てが、この絶え間なく降り積もる桜吹雪と、その桜が湯面に浮かぶ温泉だ。

名物温泉『桜檜《さくらひのき》』。

薫り高い檜を組み立てた浴槽に、桜の花がたっぷりと浮かんだ温泉である。

その脱衣場で――

「あれ？　人間ちゃんはいないのかい？」

「そうなのよ。わたしも誘ったんだけど、俺一人だけ男だから恥ずかしいだって。部屋でゲームしてるって断られたわ」

「残念ですぅ……せっかくここの温泉は水着で入浴できるから混浴なのに」

「うむ。皆で温泉に入る機会だったのだが」

ウロボロス、レーシェ、パールにネル。

四人の少女たちが着替えとタオル、そして檜の風呂桶《ふろおけ》を手にして入ってきた。ちなみに、先の会話のとおりフェイは不在である。

「いやはやフェイ君もウブだねぇ」

風呂桶に熱燗《あつかん》を載せたミランダ事務長。

事務長は一足先に着替えを済ませ、セパレート型の水着の上からタオルを巻いた格好だ。

脱衣場から浴場をさっと見渡して――

「なんだ男客も多いじゃないか。水着で混浴できるし親子連れも多そうだねぇ」

事務長が眼鏡《めがね》を外した。

浴場からの湯気でくもった眼鏡を、大切に籠にしまいつつ。

「フェイ君ってば照れちゃって勿体《もったい》ない。こんな可愛《かわい》い女子に囲まれてお風呂なんて、夢のような場面《シーン》なのにねぇ」

「……聞いたかパール」

「……ええ、確かに聞きましたよネルさん」

ネルとパールのひそひそ話。

「……いま事務長、さりげなく『可愛い女子』の中に自分を入れたぞ」

「……しかも『女子』ですよ『女子』。さすがに――」

「何か言ったかい君たち」

『何も言ってません――――――っっ！』

脱衣場を走りだすパールとネル。

そんな騒がしい三人から離れた隅っこで、バサッと音を立てて「無敗」Tシャツが勢いよく脱ぎ捨てられた。

「ここが温泉か！」

あっという間に着替えたウロボロス。

質素な紺色のワンピース水着だが、Tシャツと同じく胸元に「無敗」と描かれているのが何とも独特である。

そんな水着ウロボロスが、浴場を見るなり目を輝かせた。

「小さな海だね！……あれ、何で湯気が出てるんだい？」

「海じゃないわよ」

そう答えたレーシェはセパレート型水着。

髪色に合わせた赤のフリル付き水着は可愛《かわい》らしく、その鮮やかな色味が多くの観光客のなかでも一際映えて見える。

……が。

そんなレーシェが、水着姿のウロボロスをじっと観察し眉をひそめていた。

そこをじーっと露骨なほどに観察して、ボソリと。

水着の胸元。

「……有るわね」

そう。

あどけない童顔に小柄な身体《からだ》ながら、ウロボロスは「有る」のだ。

しかも意外なほど豊かな質量。決して露出度の多くないワンピース型水着でありながら、その胸元になかなか立派な谷間ができている。

「……いえ！　負けてないわ。わたしだってこれくらいは」

「ふふん竜ちゃん？　我の巨大さに驚いてるね」

レーシェの視線を察知したウロボロスが、目を細めてニヤリと笑んだ。わざわざ見せびらかすかのように胸を大きく反らしてみせて。

「我と竜ちゃんが互角？　いいや、胸÷身長のサイズ比ではどうかな？」

「――っ！」

レーシェがビクッと震えた。

「そ、それは計ってみなきゃわからないわ！」

「果たしてそうかな？　なにせ我は無敗だからね！　いやー敗北を知りたいねぇ」

「……無敗？　無敗ですって？」

フッ、と。

無限神が口にした「必殺フレーズ」だが、それを浴びたレーシェは底知れぬほど邪悪な失笑で応戦してみせた。

「ふふ……敗北を知りたいだなんて。ふふふ……なんて愚かな！」

「？　何さ竜ちゃん？」

何かがおかしい。

レーシェの態度に違和感を覚えたウロボロスが、眉をひそめた。

「ならば教えてあげる。来なさいパール！」

しん、と。

レーシェの咆吼《ほうこう》に、脱衣場がしんと静まった。

「パール！　返事！」

「は、はい⁉　何ですかレーシェさん？」

パールが慌てて振り向いた。

胸にバスタオルを巻いた姿。やや気恥ずかしげに顔を赤らめているのは、今まさに服を脱いで水着に着替えるところだったからだ。

「……あ、あの……あたし着替え中で……」

「それがいいのよ」

「はい？」

着替え途中のままパールがやってくる。

ここに立ちなさいというレーシェの指示のとおり、ウロボロスの目の前へ。

「？」

それを怪訝《けげん》そうに見上げるウロボロス。

「竜ちゃん、いったい何を企《たくら》んでいるんだい？」

「さあ刮目《かつもく》の時よ蛇っころ！　パール、大きく万歳なさい！」

「へ？　ば、ばんざー……」

スパンッ！

パールが両手を「万歳」で上げた瞬間、レーシェが動いた。目にも留まらぬ神速の拳で、パールに巻かれたタオルを剥《は》ぎ取《と》った。

封印解放。

一糸まとわぬパールの裸身が、ウロボロスの前に隠しようもなく露《あら》わになる。

その光景に――

「～～～～～～～～～～～～～っっ!?」

無限神《ウロボロス》は。

生涯初めて、自分より「巨大」なものを見た。

「ひあっ!?　な、何するんですかレーシェさん!?」

だがレーシェは答えない。

レーシェが見下ろしているのは、わなわなと戦《おのの》き、その場に膝をついた無限神《ウロボロス》だった。

「理解《わか》ったようね」

「…………………………くっ！」

ふらふらと立ち上がる無限神《ウロボロス》。

まるでハンマーで殴られたかのように意識朦朧《いしきもうろう》な状態から、レーシェの声によって意識が覚醒したらしい。

「……胸ちゃん！」

「は、はい何で――ひあっっ!?　な、何するんですか!?」

パールが顔を真っ赤にして悲鳴。

それもそのはず。ウロボロスが抱きつくように両手を伸ばし、その豊かな二つの膨らみをがっしりと掴《つか》んだからだ。

「なんだいこれは！　なんという質量！」

「あたしの胸を掴んで叫ばないでください⁉」

「……服を着ていた時から大きいとはわかっていたが、まさか服という迷彩《ヴェール》の下にこんな、神さえ計り知れぬものを隠していたとは……この大きさは……！」

無限神《ウロボロス》がカッと目を見開いた。

「全事象と全物理法則を内包せし宇宙規模！」

「聞いたことない規模ですが⁉」

「世界はお終《しま》いだよ！」

「神さまが言う台詞《せりふ》ですか⁉」

と。

そこへ、ふらりとやってきたのはネルだった。

「……流石《さすが》だパール！」

「ネルさんまで⁉」

「私にはわかる……わかるぞ！　いつぞや見たときより、また一段と大きく……はっ⁉　さては人獣神《ミノタウロス》との死闘《くらべっこ》を経てさらなる成長を！」

「死闘《くらべっこ》した事実はありませんが⁉」

「成長！」

ウロボロスが叫んだ。

相変わらず、両手でパールの胸を鷲《わし》づかみにしたままで。

「これだけの大きさでさらに成長を続ける胸ちゃんの胸……つまり胸ちゃんは無限に大きくなる……まさか我以外にも無限の存在が！」

「限度がありますってば⁉」

「……く」

ウロボロスが退《ひ》いた。

パールの胸から手を離し、なぜかその場で自分の水着を脱ぎ始める。

何をする気だろう？

ネルやパールが首を傾《かし》げるなか、ウロボロスがどこからか取りだした油性ペンで水着に何かを書いていく。

それは「無敗」の文字の横に、小さく書かれた「一引き分け」の文字だった。

「……我としたことが、つい取り乱してしまったよ」

ふう、と溜息《ためいき》をつくウロボロス。

文字を書き足した水着を再び着用するや、「ふふふ……」となぜか含み笑いを始めたではないか。

「……なるほど。これが挑戦者の気分。初めて味わう苦々しさの奥底に、だが燃え立つような気迫が生まれていくのを感じるよ」

「……あ、あのぉ？」

「待ってろ胸ちゃん！　この我の！　無限の成長たる所以《ゆえん》を見せてやる！」

水着姿のままウロボロスが走りだす。

「すぐに戻ってくる！　また会うとき、我もまたさらに大きくなっているだろう！」

「──ウロボロス様⁉」

慌てて温泉から飛びだすミランダ事務長。

だが戻ってきた時にはもう、ウロボロスは脱衣場の出口へと走りだした後だった。

「明日《あした》はいよいよ本部に行く予定で……」

「そんなのどうでもいい！」

「よくないですが──────っ⁉」

轟《ごう》ッ！

脱衣場の壁に大穴を開け、飛びだしていく水着姿のウロボロス。

「どうしてくれるんだいパール君！　君の胸が破廉恥《はれんち》すぎるから！」

「こんな言いがかり初めてです⁉」

??
無敗
一引き分け

かくして。

パールの胸に対抗心を燃やした無限神ウロボロスは、神秘法院本部に行くという目的も忘れ、自分を大きくする修行に出たのだった。

Chapter

Intermission すっとぼければいいのです

God's Game We Play

神話都市ヘケト＝シェラザード。

渡り鳥よりも高く、空に浮かぶ白雲よりもさらに高く――真っ青な蒼穹《そうきゅう》のなか、銀色に輝く浮遊都市。

その、訪れる者のいない大図書館。

古《いにしえ》の記録書が何百万冊と眠るこの施設は、神話都市でもっとも静かな地。

だから――

この神話都市でもっとも密談に適した「秘密の場所」。

誰にも聞かれず、見られない。だからここは、いつからか『すべての魂の集いし聖座《マインド・オーヴァー・マター》』

五人の集合場となっていた。

五人……あるいは四体の神と一人の人間の、拠点。

「明日《あした》、彼らがここに来るそうです」

「ふぁっ!? ちょ、ちょっとヘレネイアちゃん、それ余は聞いてないにゃ!?」

赤毛の少女が、のけぞって木椅子から転がり落ちた。

一見すれば線の細い気弱そうな雰囲気だが、この過剰なほどの大げさな挙動とそして爛々《らんらん》と滾《たぎ》る真っ赤な眼《め》には、計り知れない気力が感じられる。

超獣ニーヴェルン。

ヒトに「超人化」の礎となった神呪《アライズ》を授けた神が、両手で机をバンッと叩《たた》いて。

「それ、例のフェイとかいう人間のことにゃ!?」

「ニーヴェさん」

対面の席で。

ヘレネイアと呼ばれた少女が幽《かす》かな溜息《ためいき》。

印象の弱い薄紫色の髪に、物静かな翡翠《ひすい》色のまなざしで――

「昨日の早朝にルインを発《た》ったようですと、電子文でチーム宛てに送ったはずですが」

「余は文字が苦手にゃ！　喋《しゃべ》って伝えてもらわないと困るにゃ！」

「……はい」

怒られた。

ヘレネイアこそがリーダーで、リーダーの報告義務を果たしただけなのに。

「特急列車で、彼らは先ほど花宴都市《エアルリス》に到着したようです」

「ここの目と鼻の先にゃっ!?　ヘレネイアちゃん、そういう大事なことは早めに連絡を寄こすべきにゃ！」

「……私、そう連絡したのに」

ヘレネイアが悲しげに溜息。

「神秘法院の本部に連絡は来ていなかった。どうせ観光や旅行という名目でやって来て、こちらに着いたら何らかの理由で本部の中にやってくるでしょうね。見学とかそういう体《てい》で」

「あはは、余たちの正体バレるのも覚悟にゃー」

ニーヴェと呼ばれた赤毛の少女が、再び椅子に腰かける。

憂慮を色濃く映したヘレネイアとは正反対に、こちらは堂々とした余裕ぶりだ。

「余は構わないけど、ヘレネイアちゃんは困るにゃ？　だって人間の親がいるんだから。まさか娘の前世が神だなんて、知られたらビックリ仰天でひっくり返るにゃ」

「白を切ります」

「……ごまかすと？　でも蛇《ウロボロス》がいれば余たち絶対バレるにゃ」

「それでもです」

ヘレネイアの口ぶりに、揺らぎはなかった。

「蛇《ウロボロス》がここに来て何を言おうと、それを人間が確かめる術《すべ》がない。相手にしなければいいのです」

「ふーん？　まあヘレネイアちゃんがそう言うのなら――」

「蛇《ウロボロス》、来ないようじゃぞ」

「はい？」

「ふぇ？」

横から飛びこんできたボーイソプラノの一声に、少女二人の目が点になった。

「ご老体」

「精霊王《アララソラギ》の爺《じい》ちゃん、それ確かにゃ？」

二人が振り向いた先で——

図書館の床に座りこむ褐色の少年が、宙を見上げていた。

可愛《かわい》らしいと呼んで差し支えない童顔とボーイソプラノだが、その佇《たたず》まいと口ぶりは、奇妙なほどの老練さを湛《たた》えている。

「確かも何も……」

宙を見上げ続ける褐色の少年。

その少年——いや神たる精霊王アララソラギは超知覚で見ていたのだ。はるか離れた地での出来事を。

「蛇《ウロボロス》の奴《やつ》、花宴都市《エアルリス》の温泉地から走り去りおった」

「なぜです？」

「なぜにゃ？」

「……理由か。うむ……これは、確かに大きい」

「はい？」

「むぅ……なんという……まさに宇宙的規模よ……確かにあれを見せられれば蛇《ウロボロス》とて競争心をくすぐられるのも無理はない」

「あの、ご老体？」

「精霊王《アララソラギ》の爺ちゃん、ちゃんと話すにゃ」

少女二人にはわからない。

なぜ褐色の少年が、こうも気合いの入った表情でしみじみと頷《うなず》いているのか。

「……いや、言うまい。お主らには酷な話じゃ」

褐色の少年の姿をした神が、妙に残念そうな口ぶりで頭を振った。

「ヘレネイア、ニーヴェよ。これはお主たちを思ってのこと。……そう、今後の健やかな成長に期待しておるぞ」

「？」

「精霊王《アララソラギ》の爺ちゃんがおかしくなったにゃ？」

再び顔を見合わせるニーヴェとヘレネイア。

そんな二人には構わず、褐色の少年がパッと陽気に手を叩《たた》いてみせた。

「ともかく！　蛇《ウロボロス》の心配はなくなった。心配するな二人とも」

「……理由は今一つ釈然としませんが」

ヘレネイアが、手元の古書をパラパラとめくっていく。

「蛇《ウロボロス》がいないのは僥倖《ぎょうこう》です。私たちの正体が見破られることがないなら、真正面から顔を見せる必要もなくなりました。チーム『すべての魂の集いし聖座《マインド・オーヴァー・マター》』として挨拶に出ることも考えていましたが、やめましょう」

「この大図書館に隠れているにゃ？」

「はい。彼らが帰るまで身を潜めればいいのです。あとは――」

ヘレネイアが言いかけた、その矢先。

「……竜」

片眼鏡《モノクル》をした青年が、ぼそりと図書館の隅で呟《つぶや》いた。

知的で物静かなまなざしだが、なぜか、手に持っている本は上下が逆さまである。

――九十九神《つくもがみ》なふたゆあ。

誰よりも貪欲に知識を求め、誰よりも一人遊戯を好むこの神は、本を逆さで読むという一人遊戯に没頭中である。いつものことだ。次から次へ一人遊戯に没頭するあまり、言葉を話すことを面倒がる。

その神が、遊戯を止めて言葉を発した。

ヘレネイアの知るかぎり十年に一度《や》あるかどうかの大事件だ。

「竜？　ああ、元神だったレオレーシェですね」

「――――」

「ありがとう、なふたゆあ。でも心配には及びません」

逆さの本を読み進める青年に、ヘレネイアは微笑で応えた。

「私たちの気配《におい》。レオレーシェは勘づくでしょうが、人間になった身では正確に神を察知することはできないはず。予定どおり、大図書館《ここ》に身を潜めて『かくれんぼ』していればいいのです」

話し合いはこれで終わりだ。

蛇《ウロボロス》が来ない以上、自分たちの正体を正確に突きとめられる者はいない。

フェイたちが神話都市《ヘケト＝シエラザード》にやって来ようとも、自分たちはここに隠れてやり過ごせばいい。

「相談に乗っていただいてありがとうございます。ニーヴェさん、ご大老、なふたゆあ。そしてケイオス」

「――一つ、俺から確認がある」

ざわりっ。

大図書館に集った四体の神が、一斉に振り向いた。

この場にいる「たった一人の完全な人間」にして、チーム『すべての魂の集いし聖座《マインド・オーヴァー・マター》』の指南役《コーチ》であるケイオスへ。

「今までの話に異存はない。フェイが来た時、多くの市民がフェイとお前の対談に期待するだろうが……それは指南役《コーチ》である俺が事務方に説明しておく。ヘレネイアは次の『神々の遊び』の準備で忙しいと」

「助かります、ケイオス」

「だが俺が聞きたいのは別件だ。ヘレネイア、理事長の容態はどうだ」

「――――――」

ヘレネイアが押し黙った。

柔らかな微笑を浮かべていた彼女が口元を引き締め、薄紫色の髪を弄《いじ》りながら。

「……お父様の容態とは今日のことですか、昨日のことですか」

「どちらもだ」

「……昨日は……良くはありませんでした。けど今日はきっと良くなります」

「そうか」

ケイオスは知っている。

この「良くはない」は彼女の希望混じりの言葉だ。良くはない＝絶対安静を必要とするほどに、本部理事長の容態は優れないのだろう。

——神は全知全能。

だが半神半人であるヘレネイアは、今、全知全能のほぼ全てを失っている。

父の容態は、医師に任せるほかない。

「フェイが来た時に。俺としてはお前の本音を伝えても良いと思うがな。お前の実の父でもある理事長の容態が優れない。お前がその看病でつきっきりだというのは、紛《まぎ》れもなく真実だ」

「嫌です」

「なぜだ？」

「彼に弱みを握られたくないからです。ただの人間に、同情も憐《あわ》れみも受けたくない」

「承知した」

真顔で頷《うなず》くかたわらで——

ケイオスは内心、苦笑いの混じった嘆息を禁じ得なかった。

なるほど。

その程度には彼《フェイ》を意識しているらしい。

「では不測の事態の話をしよう。たとえば、万が一にでもレオレーシェにお前たち四人の正体を突きとめられた時。その時もお前たちが大図書館《ここ》から出る必要はない。指南役《コーチ》である俺がフェイと会ってきてもいい」

「……お願いします」

「このための指南役《コーチ》だ。責務は果たす」

小さく会釈するヘレネイア。

半分は神でありながら人間に頭を下げる少女に背を向けて、ケイオスは大図書館を後にした。

Chapter

Player.3 魔法が日常にある都

God's Game We Play

1

花宴《かえん》都市エアルリスから、再び列車へ。

地平線の果てまで延びる鉄道のさらに先で、真っ青な天上へと光の柱が伸びていた。

「見えました！　あの光ですね！」

特急列車の窓を開けて、パールが勢いよく身を乗りだした。

「……あれが神話都市《ヘケト＝シエラザード》に続いているという光の道！」

「待てパール！　列車の窓から身を乗りだすと危険だ。私が代わろう！」

「ネルさんも見たいだけじゃないですか⁉」

窓から顔を出そうとするネル。

それほど広くない窓枠を賭け、パールとネルの壮絶な位置取り合戦が始まって——

「いやぁどうしよう。ウロボロス様がいないんじゃ予定が狂ったねぇ」

缶ビールを手にしながら、事務長。

おつまみのポテトチップスを暢気《のんき》にかじる姿は、あまりにも言葉と態度が噛《か》み合《あ》ってい

ない気もするが──

「そもそもがウロボロス様の証言だしね。神話都市《ヘケト＝シエラザード》から複数の神の力を感じるって」

はぁ、と事務長が溜息《ためいき》をつくのを横目に。

「頼みの綱はレーシェだな」

フェイは、ボックス席の対面に座る少女に顔を向けた。

「レーシェも元神さまだし、神さまの力は感じ取れるんじゃないか？」

「んー……」

可愛《かわい》らしく唸《うな》るレーシェは、再びトランプピラミッドを建設中だ。

慎重な手つきでトランプ二枚を組み合わせながら。

「多分、できるけどできないわ」

「なぞなぞみたいな返事だけど、何か条件とかあるのか？」

「……そうね」

レーシェが顎に手を添え、じっと思案。

まだ窓枠で争っているパールとネルの二人を指して。

「たとえばフェイが、道ばたであの二人を見かけたら気づくでしょ？」

「そりゃもちろん」

「二人が変装用にサングラスして冬コートにマフラー、マスクをつけてたら？」

「……気づかないで通り過ぎる」

「そういうことよ」

肩をすくめるレーシェ。

「わたしは神の力を感知できる。だけど神話都市《ヘケト＝シエラザード》にいる神四体が力を隠して人間に紛《まぎ》れこんでいたら、たぶん難しいだろうなって」

「あー。なるほど」

それが元神と神の格差なのだ。

神が本気で気配を隠してしまうと、元神では追いきれない。

……なおさらウロボロスが重要だったわけだ。

……どこか行っちゃったけどな。

すぐ戻ってくる？

厄介なのは、神と人間で時間の体感差に天と地の開きがあることだ。レーシェが「ついうっかり」で三千年寝過ごしたように。

「事務長、俺たちが神話都市《ヘケト＝シエラザード》にいられるのって何日です？」

「三日」

事務長が真顔で即答。

「私がルイン支部の会議をオンラインで参加するなら五日まで延ばせるね。その間にウロボロス様が戻ってくるといいんだけど」

「たぶん神の『すぐ』って数百年単位ですよ。よくて数年じゃないかな……」

「ダメだこりゃ」

バタンと背もたれに寄りかかる事務長。

「こっちはもう神話都市《ヘケト＝シエラザード》に着いちゃうってのに」

『長らくお待たせしました』

『当列車は、神話都市《ヘケト＝シエラザード》直下、地上ターミナルに到着します』

車内に流れる放送。

間もなくゴトンッと音を立てて列車が急減速。壁に覆《おお》われたドーム型の巨大ターミナルへと到着。その先の広場で、巨大な光の柱が立ち上っていた。

「この光……空まで昇っていってるんだな」

フェイが見上げるのはドームの天井部分だ。

ドーナツのように中央にぽっかりと穴が開いている。光の柱はその穴を抜けて、はるか蒼穹《そうきゆう》に続いていた。

光の昇降機《エレベーター》。

まさに神話的光景——

巨大な光の柱に入った人々が次々と浮かび上がり、空へと昇っていくではないか。

神話都市《ヘケト＝シエラザード》は、この光を昇った先に浮かんでいる。

「……壮観としか言いようがない」

ネルが感嘆の溜息《ためいき》。

「事務長？　これは船や列車のような科学ではないと……」

「これが古代魔法文明の遺産だよ」

スーツケースを引っ張りながら、事務長が光の柱を指さした。

「アレがどんな理屈で動いてるのか現在もわかっちゃいない。なにせ神さまの力を使った昇降機《エレベーター》だからね。要するに魔法だよ」

「……魔法が文明に使われていた時代の遺産か」

「そそ。現代もありがたく使わせてもらうってわけ。ほら行くよネル君も」

「う、うむ！　あまりに理解を超えていて面妖だが……あの光に飛びこむしか神話都市《ヘケト＝シエラザード》に行く方法がないというのなら……」

頷《うなず》くネルが、ささっとパールの後ろに回りこんだ。

「さあパール！　お前に先頭を歩く権利を譲ろう！」

「怖いだけじゃないですか!?　ちょ……押さないで押さないでネルさん!?」

光の昇降機《エレベーター》の前へ。

何十人もの列ができており、一人、また一人と光の中へ歩いていく。

「皆様、最後尾はこちらですー！」

受付役《スタッフ》の少女が明るく手招き。

「この神話都市《ヘケト＝シエラザード》名物、『光と青の昇降機《エレベーター》』は失われた技術《オーパーツ》と呼ばれており、古代魔法文明を体験できる世界唯一の魔法科学となっています。空の旅がお好きな方は、ぜひ空を急上昇する無重力感を楽しんでくださいね。ちなみに——」

受付役《スタッフ》の少女の手には固定用のベルトと椅子が。

「この『光と青の昇降機《エレベーター》』は、車や飛行機と違って足場が不安定です。空を昇る途中で地上を見るのが怖い人向けに、こちらで椅子とベルトの用意もございます」

「っ！」

パールの目がぎらりと輝いた。

受付役《スタッフ》が手にしているベルトめがけて一目散に手を伸ばして。

「はいはい！　是非それ——っっ」

「行くわよパール！」

パールがベルトを掴《つか》み取《と》るより早く。

レーシェの腕が神速でもってパールの首根っこを掴み上げた。

「当然！　無重力を楽しむべきよね！」

「まったく嬉《うれ》しくないですが⁉」

「地上のビルが豆粒くらい小さく見えるらしいわよ！」

「それも見たくないです⁉」

「時々、光が弱まって足下がぐらっと消えるそうだから暴れちゃだめよ！」

「落下はいやぁぁぁぁぁぁぁぁぁぁっっっっっ⁉」

引きずられていくパール。

それに続いてフェイ、ネル、事務長が乗りこむや、見えない力で全身を持ち上げられるような浮遊感。

「う、浮いた⁉」

ネルが足下を見下ろした。

足下を支えるのは輝く光の層。これが足場となっており、光の層の上昇にあわせて自分たちも上昇していっている。

高度五メートル、十メートル——

地上の受付役《スタッフ》の姿もみるみる小さくなっていく。それも恐ろしいほど早く。

「怖い怖い怖すぎですがぁぁぁっっ⁉」

「こ、これはさすがに迫力があるな……」

レーシェに抱きついて離れないパールの隣で、ネルも自分の足でこそ立ってはいるが、地上を見下ろす眼差《まなざ》しは怖々だ。

なにしろただの光の柱。周りを覆《おお》う囲いがない。

三百六十度、どこを見ても身の震えそうな高所風景である。どれだけスリルが好きでも本能的に恐怖を感じる高さだろう。

フェイも、思わず苦笑いを浮かべたくなる迫力だ。

「……これ確かに怖いな……あれ事務長？」

「…………」

なぜか、事務長がその場でしゃがみ込んでいた。

片時も離さなかった缶ビールさえ手放して、スーツケースをぎゅっと握りしめ、両目を固くつむっているではないか。

「なんだ、事務長も高所が苦手な口ですか？」

「……二日酔いに……このジェットコースターは……きつい……」

「ただの酔っ払い!?　って、何ですかその『もう吐きそう』みたいな青ざめた顔!?　ダメです事務長、ここで吐いたら大変なことに——」

「……うぅっ。この浮遊感で胃が刺激されるせいで余計に吐き気が……」

「頑張って！　耐えるんです事務長！」

高度一万メートルへの上昇。

口に手を当てて悶《もだ》える事務長を必死に応援している間に、フェイは、神話都市ヘケト＝シェラザードに到着したのだった。

2

風が近い。

渡り鳥よりも高い場所で生まれた風が、やがて地上の街へと降りてくる。そんな生まれたばかりの風を——

こうも近くで聞いたのは、フェイにとって初めての経験だった。

神話都市ヘケト＝シェラザード。

もっとも空に近く、もっとも神に近い都。

地上にあったはずのターミナルは、もはや小石サイズにさえ映らない。それほどの高度に浮かぶ都の街並みは——

「あれ？　ちょっと意外というか」

大通りから街を一望するパールが、キツネに摘《つま》まれたように瞬《まばた》き。

「こぢんまりした都市ですね……」

高層ビルがない。

どれも一階か二階の低階層の建物ばかり。

すべて雪のように白く、真っ青な空を背景にして雲に溶けこむような色合いで統一されている。もちろん大通りは多くの観光客で賑《にぎ》わっているし、活気という意味で観光地らしさもあるが……一言でいって「規模が小さい」。

大都市感がないのだ。

「そりゃ三千年前から残ってる都市だからね。最新どころか最古の街並みなんだよ」

先を歩く事務長が空の缶ビールを放り投げた。

広場のゴミ箱へ、吸いこまれるように缶が収まるのを横目に――

「だからこそ保たれる景観もある。ご覧よ、この低階層の建物で統一されているからこそ、大通りの屋台や道を行き交う観光客の姿が映えるのさ。そうそう、ここの屋台で売ってる青空ビールが絶品で――……おっと？」

事務長が急停止するや、こちらに振り向いた。

してやったりと言わんばかりの悪戯《いたずら》っぽい笑みを湛《たた》えて、だ。

「ほら釣れた」

「っ！　レオレーシェ様!?」

「おい……あの四人ってルインの！」

ざわっ。

大通りを埋めつくす人混みが、ドミノ倒しのように連鎖的に、次々とこちらに向かって振り向き始めたのだ。

「あいつ！　あのフェイか⁉」

「赤い髪がレオレーシェ様で、隣の黒髪がネル……で、ちっこい金髪の名前は……たしか、ルビー・サファイア！」

「パール・ダイアモンドですが⁉……え？」

そんなパールの背中に、ちょんと誰かがタッチ。

振り返ったパールの前には、十歳にも満たない幼い少年が必死に手を伸ばしていた。

「……あの、お姉ちゃん」

「はいお姉ちゃんですよ。どうしましたか？」

「…………」

あどけない少年が、パールをまっすぐ見上げる。

その眼差《まなざ》しは――

かつてパール自身が、フェイやレーシェを見つめていた時と同じ色をしていた。

「放送で見てたの」

「あたしを、ですか？」

「……うん。……お姉ちゃん格好よかった」

「〰〰〰〰〰〰〰〰〰〰っっ！」

少年が頼りなげに絞りだした一言に、パールが息を吸いこんで全身を硬直させ——次の瞬間、無我夢中でその少年を抱きしめた。

「なんて嬉《うれ》しい応援ですか！　君をあたしのファン一号に認定しちゃいます。フェイさん！　あたしにも遂《つい》にファンが！」

「お、おお……そりゃ何より……！」

「レーシェさん！　ほら！」

「……ええ良かったわね……」

「ネルさん！」

「う、うむ……」

三人とも空返事。

それもそのはず。パールが初めてのファンに感極まっている間に、フェイたちは何百人という数に囲まれていたからだ。

「レオレーシェ様、ぜひ一緒にお写真を！」

「フェイ選手、サイン頂けますか！　ああもう、この都市に来るとわかっていたら色紙を用意したのに！　色紙がないから私のTシャツにサインしてください！」

「ネルさん、俺……昔からアンタの熱い戦いぶりが大好きで！」

囲まれるというより押しつぶされる勢いだ。

ファン一人と対応する間に、新たなファンが五人やってくる。とてつもない増大ぶりである。

「いいよいいよー」

そんな大騒ぎを前にして――

一人、ベンチで寛《くつろ》いでいるのがミランダ事務長だ。あたかもスポーツ選手に檄《げき》を飛ばす監督さながらの腕組みポーズで。

「その調子だよフェイ君たち。思った通りの大盛況だ。あとはこの騒ぎに気づいた大物が食いついてくるのを待――」

「……もしやミランダ事務長？」

スーツ姿の男が、通り過ぎざまに振り向いたのはその時だった。

年齢はちょうどミランダ事務長と同じほどだろう。青年と呼ぶよりも成熟し、顔つきには知性と精悍《せいかん》さが窺《うかが》える。

「お？　アレーン事務長補佐」

ベンチから立ち上がるなり、ミランダ事務長が手を振ってみせた。

――釣れた。

その口元が一瞬そう動いたのを見たのは、フェイ一人だったことだろう。

「どうしたんですかミランダ事務長？　この騒ぎ……それに彼らの顔ぶれは！」

フェイたちを一目見るや、その男が驚きの声を上げた。

神秘法院本部、アレーン・ビジャ事務長補佐。

この大通りの騒ぎに関心を抱いてやってきたに違いない。まさしくミランダ事務長が見込んだ通りに。

「フェイ・テオ・フィルスに竜神レオレーシェ様。そういえば数日前、彼らのチーム名が決まったと報告されていましたね。確か『神々の遊戯《メイ・ユア・ゴッズ》を授かりし』」

「優秀だねアレーン君。来年はどこぞの支部の事務長なんじゃない？」

「からかわないでください」

アレーン事務長補佐が、きょろきょろと辺りを見回す仕草。

「今の話も、ノス事務長に聞かれてたら調子に乗るなって叱られます」

「おっとごめんごめん。で、そのノス事務長もここに来てるのかい？　この大騒ぎだから、迷惑かけたかなと思ってね」

眼鏡《めがね》の奥で、ミランダの双眸《そうぼう》がさらに細まった。

サインと握手に追われているフェイたち全員を指さして。

「ご覧のとおり。フェイ君たちが神話都市《ヘケト＝シエラザード》に来たことないっていうから休暇をとって観光に来たのさ。そしたらこの大歓迎ぶりで」

「ははっ。有名人ですからね。本部でも彼らは注目の的ですよ。噂《うわさ》に上らない日なんてありません……ふむ……」

アレーン事務長補佐が、手元の腕時計をちらりと一瞥《いちべつ》。

「いま十三時か。ちょうど会議まで間があるな」

当然だ。

まさしく本部の事務員の手が空いている時間を狙い、こっちはやって来たのだから。

「ミランダ事務長、この後の予定は？」

「うーん……そうだね。お昼も済ませてきたから、この通りをぶらぶら観光と思ってたくらいだね。厳密なスケジュールは立ててないよ」

「よければ本部にいらっしゃいませんか」

「──────」

「迷宮ルシェイメアの件で、彼らの奮闘は本部にも伝わっています。本部の使徒もですが、我々事務員も彼らには感謝しているので」

「いやー。なるほどねぇ」

いかにも気難しげに腕組みするミランダ事務長。

なお普段から見慣れているフェイからすれば、あまりに大げさな演技だが。

「我々も観光のつもりで来ているから……しかし本部の、その事務長補佐からのご依頼とあらば。どうだいフェイ君？」

「行きます」

長蛇の握手を終えて、フェイは大きく息を吐きだした。

「さすが本部のある都市というか……聖泉都市《マル＝ラ》でも熱烈な歓迎を受けたけど、ここはさらに熱心というか熱気が凄《すご》いというか……」

「……こっちも終わったわ……」

続くレーシェは、珍しくグッタリと疲れきった表情だ。

こちらは主に男性ファンから大人気。どうやら撮影写真で、慣れない愛想笑いを続けたことで疲労困憊《ひろうこんぱい》らしい。

「……笑うのって……大変なのね……」

「お疲れさまだ。フェイ殿、レーシェ殿」

「あたしたち、早めに終わって休んでましたよね」

そう言うネルは少し早めにサインをし終え、パールに至っては目の前の露店でのんびりクレープを食べている余裕ぶりである。

「みんなご苦労さま！」

ミランダ事務長がパチパチと拍手。

「熱烈な一般ファンに歓迎してもらって早々だけど、なんと我らが神秘法院の本部からも歓迎して頂けるとのことだ。よろしく頼むよアレーン君」

「ええ、では早速！」

アレーン事務長補佐が、意気揚々と歩きだす。

大通りをまっすぐ先へ。そのまま五分も歩かぬうちに、真っ青な空を背景にそびえ立つ、真珠色に輝く建物が見えてきた。

──大きい。

まわりが一軒家ほどの家屋しかないから余計に大きく感じるが、ルイン支部のビルより一回りは大きいだろう。

「ようこそ本部へ！」

アレーン事務長補佐が手を広げた、その先に──

丸みを帯びたドーム型の屋根に、空を衝《つ》くように伸びた何本もの尖塔《せんとう》。そして風車。

ビルというより、古き寺院を想《おも》わせる。

ここが神秘法院の本部。

神々を祀《まつ》る寺院だと思えば、この厳かな趣も納得できる。

「……壮観ですが……なんか本部という割には人が少ないかもです？」

「よく言われるよ。これでも本部の職員数は、他の都市の二倍はいるんだけどね」

あははと笑うアレーン事務長補佐。

「敷地が広いせいで人口密度が低い。だからそう見えるのさ。あと、建物の中は意外と騒がしいよ」

「あ、そうだアレーン君」

ミランダ事務長が、広大な敷地をゆっくりと見回しながら。

「本部に見学に来たからには理事長にご挨拶をしておきたいよね。あまり聞いちゃいけないけど、ご容態は？」

「……芳《かんば》しくはないですね」

アレーン事務長補佐が重々しげに嘆息。

眉間に皺《しわ》を寄せながら、こちらにちらりと目配せして。

「これは公表されてるから言っちゃうけど、現在、我が本部の理事長は重たい病気を抱えている。本人も今季限りでご勇退を表明されている……」

「熱意のある方だから残念だよ」

二の句を継いだのは、ミランダ事務長だ。

「ご本人も十代の頃に使徒として活躍された方さ。だから若い使徒への思いも人一倍でね、多忙ながら、寝る間も惜しんで放送《ストリーム》を見て応援されていた」

「そう。だから君たちが来ると知ったら大喜びされただろうけど。生憎《あいにく》と、今はご無理ができない状況だ。悪く思わないでくれ。……さ、こっちだよ」

アレーンが芝生の道を歩いて行く。

巨大な寺院のような建物へ足を踏み入れて――フェイたちを最初に歓迎したのは、眩《まぶ》しい天井から吊《つ》り下《さ》げられた巨大モニターだった。

十八分割された画面。

そのすべてで、巨大な神に挑む人間たちの映像が流されている。

「あ！　これ世界中の神々の遊びね！」

「はいレオレーシェ様。全支部の放送が、このモニター一枚で見られるという仕組みです。本部にはこのモニターが沢山ありますよ」

「わたしも部屋に欲しいわ、買ってミランダ！」

「……前向きに検討しておきます。めちゃくちゃ高いんですけどね」

目を輝かせるレーシェ。

その隣では、ミランダ事務長が「やっぱり……」と苦笑い。

「ですのでレーシェ様にも是非ご協力を」

「え？」

「ほら来ましたよ」

ミランダが目配せした途端、レーシェが「っ！」と小さく身震い。

モニターの後ろから次々と若い男女が登場。その誰もが金色の刺繍《ししゅう》の儀礼衣――すなわち本部所属の使徒である。

「握手会とサイン会のおかわりが」

「もういやぁぁぁぁっっっ⁉」

ミランダの背後に隠れるレーシェ。

しかしその大声が逆に、周りの使徒の注意を惹《ひ》きつけてしまったらしい。あの私服姿の少年少女《フェイたち》は誰だ？　とざわめきだして――

「ん？　お前、もしやフェイか……フェイ・テオ・フィルス！」

ちょうど横切っていった高身長の男が、弾《はじ》かれたように振り向いた。

年齢は二十代前半の男。

短く切りそろえた髪に、怜悧《れいり》で鋭い眼光。あたかも一流のスポーツ競技者然とした逞《たくま》しさも兼ね備えたその容姿には見覚えがある。

〝俺はキルヒエッジ〟

〝本部から話を受けた。この会議でひとまず司会進行と説明役をさせてもらう〟

帰還不可能の迷宮ルシェイメア。

その救援チーム結成のため、神秘法院本部から実質ナンバー2の使徒として白羽の矢が立った男だ。

「どうもです。迷宮の件ではお世話に」

「お互い様だ。それより……私服《そんなかっこう》だから気づかなかったが……」

キルヒエッジが、眼鏡《めがね》レンズの向こうで目を細める。

彼のまなざしが見回す先には、同じく私服姿のレーシェやパールにネル。そしてビール缶を手にしたミランダ事務長。

「……正規の任務には見えないが。それとも何かの変装か？」

「いえ、俺たちは観光で」

「観光？　なるほどな、それで――」

キルヒエッジが腕組みしかけた矢先、数人の使徒が声を弾ませながら駆けてきた。

興奮気味に目を輝かせながら。

「隊長！　もしやその人たち、噂《うわさ》の⁉」

「わっ、本物のフェイさんよ！　元神さまのレオレーシェ様も！　ねえねえキルヒエッジ

「隊長、もしや知り合いですか⁉」

「……ああ。迷宮《ルシエイメア》の件で少しばかりな」

キルヒエッジが、バツが悪そうに苦笑い。

「こいつらが好奇心旺盛ですまない。迷宮《ルシエイメア》の件もそうだが、お前たちの活躍は本部でも噂《うわさ》に上らない日がない。軽く話をしてやってくれ」

さらに足音。

今度はホール入口側の扉が開き、そこから息を切らせて次々と使徒が走り込んでくる。

「あのフェイが来てるだって⁉」

「遠征か⁉　そんな話聞いてないぞ。ってことは極秘の偵察か！」

「ほらアレだよ。本部《ウチ》の『すべての魂の集いし聖座《マインド・オーヴァー・マター》』とどっちが上か、勝負するって噂があっただろ！」

「え？　あたしは彼らが本部に引き抜かれたって聞いたわよ」

「理事長が直々に、史上最高額の移籍金を出せって命令したとか……」

言われたい放題だ。

しかもヒソヒソ話どころか、自分たちを囲んで堂々と話しているから丸聞こえである。

「ねえ、あの黒髪の人は？」

「ネル・レックレスだろ。マル＝ラから移籍したとか」

「向こうの子も知ってるわ。たしかオニキス・クリスタル……」

「パール・ダイアモンドですってば!?」

パールのツッコミ再び。

だがさすがは本部。騒ぎを聞きつけた使徒だけでなく、事務員までもが興味津々《しんしん》に目を輝かせて集まってくる。

「……いい感じに集まってきたな」

一階ホールを埋めつくす人、人、人。

その勢いに押しつぶされそうになりながら、フェイは辺りをぐるりと見回した。

「どうだレーシェ」

「――――」

本部の一階ホール。

実に百人近くを、一人一人見回していくレーシェ。

使徒だけでなく事務員、それに本部を訪れていた観光客もこちらを取り囲んで大騒ぎ。

その誰もが想像さえしていないだろう。フェイたちを一目見たくて集まってきたつもりが、観察されていたのは自分たちだったこと。

「――――」

そのレーシェが、炎燈色《ヴァーミリオン》の横髪をさっと振り払った。

「いないわ。多分だけど」

この場に神はいない。

本部には四体の神々がいる。が、これだけの人数がホールに集まっているにもかかわらず、誰一人としてレーシェの嗅覚に引っかからない。

……四人か。

……ま、心当たりが無いわけじゃないんだけどな。

四人という数。つまるところ最も疑わしきは――

――そう思いを巡らせて。

偶然だった。

思索のために無意識に視線を下げていたフェイが、ふと顔を持ち上げた。

その視線の先。

ホールに駆けつけた何列もの人波の奥に――

自分《フェイ》の旧チーム『覚醒《アウエイキン》』リーダー、ケイオスがいた。

フェイより頭半分は高い長身。

眠気を帯びたようなまどろんだ瞳に、片目が隠れるほど伸ばしっぱなしのくすんだ青髪。

細身の顎に整った目鼻立ちだからこそ、だらしなさが余計に酷《ひど》く映る。

そのケイオスが――

自分《フェイ》を見るなり、いまだ膨らみ続ける人混みへと潜りこんだ。

「ケイオス先輩!?」

手を伸ばした時にはもう、旧チームリーダーの姿はない。
・・馬鹿な。遺跡都市エンジュから行方《ゆくえ》をくらませ、今どこにいるのか手がかり一つなかった男が、なぜこの本部に。
「先輩、聞きたいことが――……っ！」

声が届かない。

サインを求める声、握手を求める声に紛《まぎ》れ、こちらの声は微塵《みじん》も広がらない。その間に、ケイオスらしき姿はホールから消え去っていた。

……他人のそら似？

……いや、俺と目が合った瞬間に身を翻《ひるがえ》した。向こうも俺を意識してた。

間違いなくケイオス本人だ。

「…………」

「フェイ君」

ポンと肩を叩《たた》かれる。

アレーン事務長補佐と打ち合わせしていたミランダ事務長が、ホールの奥を指さした。

偶然か。その廊下はまさに彼《ケイオス》が消えていった方角で――

「アレーン君が理事長に連絡を取ってくれた。たまたま理事長も体調が良いらしくてさ。ぜひ君たちと会いたいって。挨拶いこっか？」

「……わかりました」

自分に言い聞かせる。

そう、ここはまだ本部の入り口だ。自分たちの目的は、迷宮ルシェイメアの事件を引き起こした四体の神々を見つけ出すこと。

「というわけだ諸君」

アレーン事務長補佐が手を打ち鳴らす。

「集まってくれたところ悪いが、これから彼らは理事長との懇談だ。また後ほど集まってくれたまえ――こちらへ」

名残惜しそうな本部の使徒たち。

彼らに会釈を残して、フェイは、事務長補佐を追って歩きだした。

――昇降機《エレベーター》で三階へ。

大理石調の石材でできた白の廊下。

何十枚という絢爛《けんらん》なステンドグラスと、それを通して七色に光る壁。まさしくこの都市の名にふさわしい神話的な色彩美を描きだしている。

「この廊下はいつ見ても綺麗《きれい》だよねぇ。ウチの支部も建て替える時はこんな綺麗な色にしたいね。……予算があればだけど」

七色の光を見上げるミランダ事務長。

「ところでアレーン君。念のため聞いておくけどさ。理事長が体調よくて挨拶できるって、ホールに集まったファンたちを遠ざける口実かい？」

「そんな不謹慎な口実しませんよ」

先頭を歩くアレーンが、困ったような苦笑い。

「正真正銘、アウグストゥ理事からお返事があったんです。執務室で事務をしているから、ぜひ気軽に立ち寄ってほしいと」

「体調は良くないんじゃなかったっけ？」

「ご本人曰《いわ》く、今日は天気がいいから晴れ晴れとした気分だと。そう言ってすぐ倒れられたことがあるから、僕ら事務方は気が気がじゃ――」

十字路。

ステンドグラスに彩られた廊下を右へ曲がろうとした途端、いや曲がりかけたところで、アレーン事務長補佐が足を止めた。

「…………」

「アレーン君？　どうしたんだい？」

ミランダ事務長が背中に声をかけても、彼は振り返りもしない。

そこに違和感を覚えた事務長が同じ曲がり角を覗《のぞ》きこみ、それに倣《なら》ってフェイも十字路の右側へと回りこんで——


廊下に、小柄な老人がくずおれていた。


床に片手をつき、もう片手で胸を押さえて。

激しく咳《せ》きこむその姿。

ゆったりとした白のローブに金色の刺繍《ししゅう》。その神聖感あふれる衣装が並々ならぬ立場であることを伝えてくる。

「…………っ…………」

その老人が、フェイたちの前でゆっくりと床に伏せていって——

「理事長!?」

ミランダとアレーンの悲鳴が重なった。

二人が血相を変えて老人の両脇に走り寄る。だが老人は、二人が駆け寄って声をかけても顔を上げない。

「理事長！　ちょっとアレーン君！」

「……ええ。やはり無理をされていたんだ」

奥歯を噛《か》みしめるアレーン事務長補佐。

「医務室が一階にある。電話するより僕が直接走った方が早い。理事長を頼む！」

返事を待たずに走りだす。

この場に残された自分たちにできることは——

「ミランダ事務長、安静にできる場所は！」

「理事長室がその扉だよ！」

「ネル、左を頼む」

老人の両脇に回りこみ、二人で両肩を支えて老人を抱き上げた。

パールとレーシェが理事長室の扉を開けて——その先にはソファーの置かれた応接間。

そこに老人を寝かせて、フェイはふぅと息を吐きだした。

「ひとまずこれで……」

「いやはやご苦労様。あとはアレーン君が医師を連れてくればね」

ミランダ事務長も胸に手をあてて深呼吸。

だがすぐにその場で屈《かが》みこみ、ソファーで苦しげに喘《あえ》ぐ老人の顔を覗きこむ。

「理事、すぐに医師がやってきます。だから——」

……パリンッ。

ミランダの背後。

開けっぱなしの扉の向こうで、何かが割れる甲高い音。フェイたちが振り返った先には、真っ青な顔で立ち尽くす少女がいた。

金色の刺繍《ししゆう》が煌《きら》めく、黒の儀礼衣を羽織った少女が——

「……お父様？」

ヘレネイア・O・ミッシング。

世界最強チーム『すべての魂の集いし聖座《マインド・オーヴァー・マター》』のリーダー……としての威厳など無かった。真白い肌がさらにゾッと血の気を失った顔色を隠すこともできず、弱々しく唇を震わせる一人の少女でしかなかった。

床には、水を撒《ま》き散《ち》らして割れた陶器製のコップ。

だらりと下げた手には、コップと錠剤を載せていたであろうトレイ。ちょうど父のための薬を運びに来たところだったに違いない。

「っ！　お父さ——」

「もう医者は呼んだよ。本部《ここ》のアレーン君がね」

ミランダ事務長が振り向いた。

無我夢中で叫ぼうとする少女を宥《なだ》めるような、穏やかな声音で。

「運が良かった。倒れられた瞬間に居合わせてね。あとは医務室から医者が来るまで寝かせようと運んだところさ。ここの若人《わこうど》たちがね」

事務長の手が自分たちへと翻《ひるがえ》る。

その仕草にヘレネイアが息を呑《の》んだ。今の今まで、彼女の目にはソファーに倒れた理事長の姿しか映っていなかったのだろう。

「……フェイ……テオ・フィルス……」

ヘレネイアの視線がみるみる険しくなっていく。

隠す気もないと言わんばかりに、決して好意的とは言えない眼差《まなざ》しにだ。

「あなたがお父様を運んだの？」

「……や。初めまして」

そんな彼女へ、フェイは軽く片手を挙げてみせた。

正直、自分《フェイ》とて想定外だ。

……まさか。

……彼女とこんな出会い方になるものなのか。

思えば初めて画面越しで話した時から。どこか彼女には、自分《フェイ》に向けての敵対心に近い何かを感じずにはいられなかった。

〝神々の遊びはもう辞めない？〟


それがまさか――

こんな想定外の出会い方をするなんて。

「…………」

沈黙のヘレネイア。

何かを言いかけて、やめる。何かを再び言いかけてまたやめて、さらに三度目の正直と言わんばかりに口を開けて。

「あなたは――」

「ヘレネイアちゃん！　ここにいたにゃ！」

何とも気の抜けた声がした。

扉の前に立つヘレネイアのすぐ後ろから。

「……ニーヴェさん」

「んー？　ちょっと待つにゃヘレネイアちゃん。後ろの人間たちは……んんー？」

ヘレネイアを脇に押しのけ、赤毛の少女が理事長室に一歩足を踏み入れた。

レーシェが燃えるような炎燈色《ヴァーミリオン》。

対してこちらの髪色は、より深く暗さのある深紅色。純朴で大人しそうな顔立ちながら、その目は子供のような好奇心旺盛さで爛々《らんらん》と輝いている。

「おおっ！」

赤毛の少女がポンと手を打った。

ヘレネイアへと振り返り、ニヤニヤが隠しきれない表情で。

「余たち、姿を見せない・・・・・・って話だったはずにゃ？」

「……申し訳ありませんニーヴェ」

物静かな翡翠《ひすい》色の瞳に迷いを浮かべて、ヘレネイアが項垂《うなだ》れる。

「……非常事態だったのです。お父さぶはっっ⁉」

ヘレネイアが吹き飛んだ。

項垂れたまま釈明しかけた瞬間、ようやく理事長に気づいたニーヴェに「邪魔にゃ！」と突き飛ばされたのだ。

「理事長⁉　いったいどうしたにゃ！　その苦しそうな――」

「そこ通るぞ！　どいてくれ君たち！」

慌ただしい足音。

アレーン事務長補佐に連れられた医者たちが、理事長室に雪崩《なだ》れ込《こ》んでくる。フェイたちを後目《しりめ》に、理事長を担架に乗せて運んでいって――

再び静寂が訪れた。

チーム『神々の遊戯を授かりし《メイ・ユア・ゴッズ》』のフェイ、レーシェ、パール、ネル。

チーム『すべての魂の集いし聖座《マインド・オーヴァー・マター》』のヘレネイア、ニーヴェ。

現在、神々の遊びにて世界トップの七勝で並んだチームが、神秘法院本部の理事長室で向かい合う。

「…………ええと、ひとまず理事長が平気そうで良かったな」

「チーム名」

フェイの言葉に対して。

ヘレネイアの返す口ぶりは恐ろしく冷徹だった。つい一瞬前まで「お父様！」と叫んでいた熱量が嘘《うそ》かのように。

「決めたのね。ずいぶんと大層な名前」

「俺じゃないさ」

「え？」

「親切な奴《やつ》が決めてくれたんだ。ここにはいないけど」

「……それは誰？」

そう口にした途端、ヘレネイアが慌てたように口を閉じた。

「っ！　い、いえ何でもないわ」

薄紫色の髪をなびかせる勢いで、少女が颯爽《さっそう》と踵《きびす》を返した。勢いそのままに理事長室から立ち去ろうと歩きだす。

「あなたと話すことなんて無い。さような――」

「待つにゃヘレネイアちゃん！」

ぐきっ！

ヘレネイアの首を掴《つか》んだ赤毛の少女ニーヴェが、ヘレネイアの首を両手で締め上げた。

自分《フェイ》たちを見ろと。

背を向けたヘレネイアの首を掴み、こちらに振り向かせようと力ずくで捻《ひね》り上げていく。

「うげぁっっ!?」

ヘレネイアの口から、聞いたこともない悲鳴。

「……………ぁ………ぁ……ニ、ニーヴェさん？」

「ヘレネイアちゃん！　理事長がお世話になったにゃ。お礼を言わなきゃいけないにゃ！」

「……ニ、ニーヴェさん……首……首……首が折れ……」

「向こうは命の恩人にゃ！」

「…………く、首が……息が…………声が…………」

首を捻られるヘレネイア。

その手を弛《ゆる》めるどころかさらに締め上げ、自分《フェイ》たちへ向かせようとするニーヴェ。

「ヘレネイアちゃん！　なぜ黙ってるにゃ！」

「………で、ですから声が………人体は……首を捻《ひね》られると声が………」

「む？」

そのニーヴェが、ようやくヘレネイアの様子に気づいた。呼吸困難で真っ青になっている顔をしげしげと覗《のぞ》きこんで――

「ヘレネイアちゃんが真っ青にゃ⁉」

「………し、死んでしまいますが……」

ようやく解放されるヘレネイア。

喉を押さえて咳《せ》きこむ後方から、コツッと二人分の靴音が響きわたった。

「ほほっ。ヘレネイアちゃん」

「っ。ご老体！……それに、なふたゆあも……」

ヘレネイアの瞳が見開かれた。

理事長室の廊下に立っていたのは、少女のように愛らしげな相貌をした褐色の少年。

そしてぶ厚い辞書を抱えた片眼鏡《モノクル》の青年だ。

「遊戯はお終《しま》いじゃの」

褐色の少年がニコッと笑んだ。

「鬼ごっこは見つかったら負けじゃ。お主の場合は自ら見つかりに出てしまったようじゃが、負けは負け。おとなしく観念せい」

「……別に。鬼ごっこをしていた記憶はありません」

仲間の指摘に、リーダーである少女がそっぽを向いた。

拗《す》ねたように口を尖《とが》らせて。

「……それに、あなたたちまで出てきてしまったのですね。ニーヴェ、あなたも」

「そう！　どうせ見られたのなら自己紹介にゃ！　そこのお前！」

ビシッ、と。

赤髪の少女ニーヴェが、勢いよく指をこちらに突きつけた。

「フェイとかいう人間であってるにゃ？」

「……え。あ、ああどうも」

「ならば余が自己紹介するにゃ！」

さっきから随分と特徴的な語尾だなぁ……と。

そう言いたい気持ちをぐっと堪《こら》えて、フェイは向かい合う四人を改めて見回した。

……自己紹介されるまでもないんだよな。

……世界で一番有名な四人だ。

「初めまして。『すべての魂の集いし聖座《マインド・オーヴァー・マター》』チーム《チーム》だろ」

「そう！　余はニーヴェ。こっちの恥知らずがヘレネイアちゃん！」

「……は、恥知らずではないですよ……別に……」

そっぽを向いたままのヘレネイア。

チームリーダーであるはずが、この四人の中では妙に存在感が小さく見えるというか、まるで最年少のような立ち位置だ。

「で、こっちの二人も教えておくにゃ」

赤毛の少女ニーヴェが、後ろの二人を指さした。

──捉えどころのない鷹揚《おうよう》とした微笑を湛《たた》えた褐色の少年。

──いまだ一言も発さず、こちらと目を合わせようともしない片眼鏡《モノクル》の青年。

「こっちのジジイ言葉が、アラ爺《じい》」

「ほほっ。ご老体でも構わんぞ」

「こっちのムッツリが、なっふん」

「────」

アラ爺《じい》。なっふん。

はて？　神秘法院の使徒データに登録された『すべての魂の集いし聖座《マインド・オーヴァー・マター》』の名簿では、彼らはそんな珍妙な名前だっただろうか。

顔を見合わせたミランダ事務長も、不思議そうに首を傾《かし》げている状況だ。

「……アラ爺《じい》。なっふん」

パールが独り言のように復唱。

「……な、なんだか変わった名前ですが。それ愛称《ニツクネーム》でしょうか？」

「名に何の意味がある？」
・・・・・・

ゾクッ。

息さえ詰まる寒気と重圧。フェイがそれを感じた直後、にこやかだった赤毛の少女ニーヴェの髪が天を衝《つ》くように逆立った。

さらにその瞳孔が、獣のごとく細まっていく。

「この世すべては遊戯。余の名もまた遊戯。そこに拘《こだわ》るようでは、縛られるようでは神とは言えぬ——にゃ」

「っ……何だって⁉」

神。

聞き間違いのはずがない。今この少女ニーヴェは、自ら「神」であることを曝《さら》け出した。

言葉だけではなく、圧倒的な威光でもって。
・・・
やはり。

無限神《ウロボロス》の言葉を借りるなら、神秘法院本部に潜む神は四体。

そして『すべての魂の集いし聖座《マインド・オーヴァー・マター》』も四人チーム。

「ヘレネイア！」

理事長室に吹き荒れる灼熱《しゃくねつ》の風。

赤髪の少女ニーヴェという神から吹き荒れる風に逆らい、フェイは声を張り上げた。一瞬でも気を抜けば吹き飛ばされる風圧のなかで。

「お前に話がある！　お前が望んでいるものは――――」

「ありがとう。理事長《おとうさま》のことは礼を言うわ」

薄紫色の髪の少女が、再びくるりと背を向けた。

目深《まぶか》にフードを被《かぶ》り、吹き荒れる熱風をものともせずに廊下へと歩いていく。

「でもこれでお終《しま》いよねニーヴェさん？」

「良き良き。ヘレネイアちゃんが礼儀知らずでなくて余は満足にゃ！　じゃ、また〜〜〜」

轟《ごう》っ！

風が一際強く渦巻いた。

肌を突きさすような灼熱の突風に、咄嗟《とっさ》に目を庇《かば》って顔を背けて――

「…………消えた？」

目を開けた時には。

風が収まり、『すべての魂の集いし聖座《マインド・オーヴァー・マター》』の四人の姿はどこにもなかった。

理事長室に残されて。

フェイを含め、誰もが呆然《ぼうぜん》と立ちつくしていた。

「……これは……まあ何というか」

ミランダ事務長が、眼鏡《めがね》のブリッジを押し上げる。

その指先が小刻みに震えていることは、凝視するまでもなく歴然だった。

「ええとフェイ君？　この流れ、世界最強チームの『すべての魂の集いし聖座《マインド・オーヴァー・マター》』の正体は神さま四体だった……というように、私には見えてしまったんだけど？」

「俺もそう確信してます」

深紅色の髪をした少女ニーヴェは間違いなく神だ。あの眼光といい、全身から立ち上る圧倒的重圧感といい、人間のソレとは存在の次元が違う。

……ヘレネイアも、後ろの男二人も平然としてた。

……四人とも神だ。そうとしか考えられない。

だとすれば。

これは神秘法院の——否《いな》、『神々の遊び』の概念を根底から覆《くつがえ》す事実だろう。

神々の遊びは、人類と神々の頭脳戦。

人類が十勝すること。

元神さまのレーシェが参戦したことさえ例外中の例外だが、これはレーシェが神の座を捨てて人間になったから許されたことだ。

……神が、他の神の遊戯に参加するのは暗黙の掟《おきて》に反する。

……無限神《ウロボロス》もそう言っていたはずだ。

楽しく遊ぶためにはその方がいいのだと。

事実、神秘法院の記録を遡ってみても──自分《フェイ》の知るかぎり『神々の遊び』に神が人間側として参加した事例はない。

……ゲームにはルールがある。

……それを全員が守るから、ゲームは楽しく遊べるんだ。

有史以来、守られてきた。

チーム『すべての魂の集いし聖座《マインド・オーヴァー・マター》』の神四体は、そのルールを初めて破ったのだ。

神自らの手で。

「ちょ、ちょっと待ってほしい！」

沈黙を破ったのは、ネル。

「あの四人が神であると私たちは確信した。……しかしここの本部はそれをいったい誰が、そしてどこまで知っているんだ！　先ほどのアレーン事務長補佐は？　他の使徒や事務員たちは？　それに何より理事長だ！」

「あたしも気になります！」

続いてパール。

「だ、だってヘレネイアさん……理事長さんのことを『お父さん』って言ってましたよね。彼女の正体が神さまなら、理事長は……理事長も神さまですか？」

「いやいや、落ちつきなよパール君」

首を横に振りつつ、ミランダ事務長がソファーを目線で指し示した。

つい先ほどまで理事長が寝ていたソファーをだ。

「理事長は今しがた医務室に運ばれていったばかりだ。神さまが病気で寝こむとか考えられるかい？」

「そ、そういえば……じゃあ理事長は人間なんですね！……でもそうなると理事長の娘のヘレネイアさんが神さまなのは変ですよね。ってことは彼女はやっぱり人間？」

「彼女は神さまじゃないかい？」

「訳わかりませんがぁぁぁぁぁぁぁぁっっっっっ⁉」

パールが頭を掻《か》きむしる。

確かに、そろそろ答え合わせが必要だろう。

「というわけでレーシェ、俺ら人間じゃわからない」

「あの赤毛の女はアタリね。あと三人は多分そうじゃないかしら」

自分《フェイ》の隣で。

そう答えたレーシェが、気難しげに眉間に皺《しわ》を寄せてみせる。

「んー……でも理事長っていう老人は間違いなく人間だったわ。言い切れる」

理事長は人間。その娘であるヘレネイアは神。

これはどういう理屈だ？

「理事長は自分の娘が神さまだなんて知ってるのかね。そのあたりも気になるけど、本人に聞くにしてもあんな容態だしねぇ……」

ミランダ事務長が「参った」とばかりに肩をすくめてみせた。

「やっぱりヘレネイア嬢に聞くしかな――」

「俺が話そう」

扉の方から足音。

そしてこの瞬間、自分《フェイ》は、背後からの声に聞き覚えがあった。

懐かしいと呼ぶには早すぎる。

なぜなら自分は、一年前まで彼のチームにいたのだから。

「……ケイオス先輩⁉」

「一年ぶりだなフェイ」

自分《フェイ》の旧チーム『覚醒《アウェイキン》』リーダー、ケイオス。

常に眠気を帯びたようなまどろんだ瞳に、片目が隠れるほど伸ばしっぱなしの青髪。

そんな彼が、理事長室をさっと見渡した。

「ご無沙汰してます事務長」

「やあケイオス君、久しぶりだけど元気そうで」

気楽にそう応えた事務長が、軽く手を挙げてみせる。

「あいかわらず髪伸びてるねぇ」

「切るのが面倒なので」

本気とも冗談ともつかない口ぶりのケイオス。

その彼めがけて、ネルが緊迫感を滲《にじ》ませた表情で詰め寄った。

「ケイオス殿、失礼する！」

「？　何だ？」

「不躾《ぶしつけ》な質問をさせてほしい。話によれば、貴殿は一年前、フェイ殿やチームメイトにほとんど何も言わず自身のチームを解散したそうではないか。さらに貴殿も忽然《こつぜん》とどこかへ消えたと！」

「……そうだな」

　低い声音で、たった一言応じるケイオス。

　その眼差《まなざ》しは、緊迫感あるネルの眼差しにも劣らない真剣なものだ。

「いいだろう。全てを話そう」

「っ！　話してくれるんですね！」

　興奮口調で続けるパール。

「あたしパールって言います。フェイさんの新しいチームで――」

「知っている。お前はパールでそちらはネル。お前たちの活躍は本部でも放送されていた。俺も欠かさず見ていたからな」

　ケイオスが左右を見回した。

　理事長室の廊下――そこに人影がないことを確かめて。

「知ってのとおり俺は一年前までルイン支部にいた。旧チーム『覚醒《アウェイキン》』で、当時の新入り《ルーキー》フェイが入団したこともありチームは怒濤《どとう》の勢いに乗っていた」

「そ、そうですよ！　なのに解散なんて……」

「一年前の俺には、仲間に言えない秘密があった。いや秘密の使命が」

「……秘密ですって⁉」

「ケイオス殿、その使命とは！」

すぐさま反応するパールとネル。

その二人に向かって、ケイオスが重々しく口を開いた。

「……実はこの世界は、異界からやってきた破壊の神々に侵略されつつある。俺はたった一人で世界滅亡を防ぐために戦っていたのだ」

「何だとっ⁉」

「何ですって⁉」

「……だが俺はその戦いに敗れ……この右腕と左足は機械の身体《からだ》になってしまい、二度と戦えない身体になってしまった」

「ケイオス殿、その身体がか⁉」

「そうだ。これは鋼鉄製の義手だ」

ケイオスが自らの右肩に手を乗せる。

そんな彼は黒のスーツ姿。腕も足も服の生地に隠れているが、その言葉を信じるなら、服一枚の下には鈍色《にびいろ》の義手がある。

「俺は、俺の代わりに邪悪なる神々と戦える逸材を本部で探していたのだ。だが――」

ケイオスが足を踏みだした。

義手であるという右腕を大きく突きだし、驚愕《きょうがく》するパールとネルを指さして。

「俺は確信した。お前たち二人こそが、その運命に選ばれた戦士だと！」

「私たちが⁉」

「あたしたちにそんな才能が⁉」

ネルとパールが顔を見合わせる。

ケイオスの熱量にあてられたのか、二人とも興奮で頰《ほお》がみるみる赤く染まって。

「や、やろう！　なあパール！」

「は、はい！……自信ないけど、世界を救うためならあたしも何だってやりますよ！」

「ならばこの鍵を預けよう」

ケイオスが、スーツの内ポケットから小さな鍵を二つ取りだした。

それをパールとネルに放り投げる。

「ここ本部の地下に隠し倉庫がある。全長百メートルの神滅機兵『ゴッドフィンガー』号に搭乗しろ。破壊神メガゾンビを倒すのだ！」

「はい！」

「必ずや悪の神を倒してみせます！」

熱い握手をかわすケイオス、ネル、パール。

そんな力強いやり取りを最後まで見守って。フェイは、隣のミランダ事務長とこっそり溜息《ためいき》をついたのだった。

「……あのさパール、ネル」

「はい」

「何だフェイ殿？」

振り返る二人。

彼女たちが大事そうに握りしめている鍵を、呆《あき》れまじりの目線で見つめながら。

「その鍵、たぶんロッカーの鍵かなんかだと思う」

『……へ？』

「そうだろケイオス先輩」

「うむ」

前髪で片目を隠した男が、満足そうに頷《うなず》いた。

「これは俺の自転車の鍵だ。もう片方がロッカーだな」

「……はいっ⁉」

「……ど、どういうことですか⁉」

ネルとパールが慌てて鍵を凝視。

「フェイさん⁉　ど、どういうことですか！」

「あー……ええとな。ケイオス先輩、こんな真面目《まじめ》な顔して意外とお茶目《ちゃめ》なんだよ」

「もっと簡潔に言ってあげよう」

額に指を当てたミランダ事務長が、「……はぁ」と息を吐きながら。

「ケイオス君が言ったの全部ウソ。義手とか邪悪な神々のあたりそっくり全部ね」

『はぁぁぁぁぁぁぁぁあっっ⁉』

理事長室の廊下に、怒りとも驚きともつかぬ叫び声がこだました。

もちろんネルとパールの絶叫である。

「……ケイオス先輩って昔からそうなんだよなぁ」

いたって真面目そうな本人を一瞥《いちべつ》し、フェイも大きく溜息《ためいき》をついてみせた。

そう。

これこそが旧チーム『覚醒《アウエイキン》』リーダー、ケイオスなのだ。

精悍《せいかん》な眼差《まなざ》しで平然と嘘《うそ》をつく。ちなみに本人は軽い冗談《ジョーク》のつもりだが、本人の口調が真面目そのものなので周囲は欺《だま》されやすい。

「ケイオス先輩、その嘘はいつ考えたんです？」

「ついさっきだ。俺としては百メートルの大型ロボットと言ってる時点で嘘確定のつもりだったが」

「どの口がそう言ってるんですか⁉」

「そ、そうだケイオス殿！　貴殿が全てを話すと言うから私もパールも真摯に話を聞いていたのに！　今のは悪質ではないか！」

「軽い冗談《ジョーク》だ」

まったく悪びれないケイオス本人。

顔を真っ赤にして抗議するパールとネルを交互に見つめて。

「とはいえ俺が嘘《うそ》をつかないことも一つある」

「一つだけですか⁉」

「俺は遊戯では嘘をつかない」

それが——

何を意味して。誰に対して言っているのか。一瞬の淀《よど》みなく理解できたのは、この場で自分《フェイ》一人だけだったことだろう。

「ケイオス先輩？」

「……立ち話は苦手だ」

くすんだ青髪の青年が振り返る。

その仕草を前にしてフェイはようやく気づいた。この瞬間のために、彼はわざとこちらを向かずにいた。振り返るのを取っておいたのだ。

「フェイ。俺と久しぶりにゲーム勝負するか」

「ケイオス殿⁉ それはいったいどういうことだ。貴殿が旧チームを解散させた経緯を話すと……そういう流れだったのに、なぜ急に勝負の話になる⁉」

「楽しい話じゃないからだ」

ケイオスが髪を払いのける。

長い前髪に隠れた片目を見せるソレが、彼の本気の証《あかし》であることを自分《フェイ》は知っている。

だから――

「俺が勝てば教えてくれるんですか？」

「そうだ。俺にゲームで勝てば、お前が知りたがっていること以上を教える。俺は遊戯では嘘をつかない……ま、もう一つ理由がある。今しがた言ったが」

ケイオスが懐に手を伸ばす。

そこから薄型のカードキーを取りだして。

「この話は楽しい話じゃない。せめてゲームで楽しく遊んで話したい」

Intermission 暴れん坊の賢神と無敗（一引き分け）の神とおつむの悪いバカ

聖泉都市マル＝ラ。

精霊ウンディーネに守られた都という言い伝えのある通り、この都市は、大乾燥地帯にありながら豊富すぎるほどの水資源で知られている。

街のなかを流れる運河。

その水は澄み、太陽光を浴びてキラキラと光り輝いている。

「…………」

そんな運河の畔《ほとり》で、ダークスは腕組みし、じっと目を閉じていた。

炎天下に五時間。

その後ろには何十人という女性ファン、通称ダークスガールたちが彼の後ろ姿を撮影して大歓声を送る姿もある。

「……遅い！」

五時間の待ちぼうけ。

我慢の限界が来たとばかりにダークスは目を開けた。

「フェイよ！　ここに『神』がやってくるから相手をしてやれと言ったな。巨神タイタンとやらはいつ来るのだ！」

ダークスの胸ポケットで通信機が鳴り響いた。

と。

「……ケルリッチか。どうした」

『入れ違いでした。今こちらに巨神タイタンを名乗る女が――』

「何だと⁉ 俺はこのゲートで早朝から待っているのだぞ。途中、ダークスランチの撮影で一時間ほど外しはしたが」

「そのダークスランチの撮影時でしょう。入れ違いでしたね」

通信機の向こうが騒がしい。

ケルリッチは神秘法院のビル内で待機しているはずだが、向こうからの騒ぎを聞くに、神が来た騒ぎで間違いなかろう。

「今すぐ行く。待っていろケルリッチ！」

『私もお昼ご飯を食べて待っていますね。それでは』

神秘法院マル＝ラ支部。

地下一階に駆けつけたダークスが見たものは――

「お帰りなさいダークス」

「……入れ違いだったようだな」

もぐもぐとお昼ご飯のお弁当を食べているケルリッチ。そしてサングラスの下で渋面を作っているバレッガ事務長。

そして、粉々に粉砕された巨神像。

「……何だと？」

マル＝ラ支部の巨神像は、精霊ウンディーネを象《かたど》った像である。四体のうちの一体が、原形を留《とど》めないほどに粉砕されている。

この都の守り神を象った由緒正しき巨神像。

それが無残に破壊されているではないか。

「ケルリッチ、そして事務長よ！　俺のいない間にいったい何が……！」

「あいつです」

「あそこに張本人がいるだろう」

「……ん？」

二人が顎でさす先。

壊れた巨神像の破片にまみれて、大柄な女が床に寝そべっていたのだ。

なんといっても特徴は、派手な溶岩色の長髪だ。マル＝ラでは珍しい着物姿だが、床に倒れて何度も寝返りをうったらしく、胸元がはだけてだらしのない姿になっている。

「……うぅ……」

大柄な女が、弱々しく唸《うな》り声《ごえ》。

その右手にはビール瓶。

よく見れば床にも、何本もの缶ビールが転がっているではないか。

「……おかしい……蛇《ウロボロス》が言っていた『泡が噴きだす飲み物』は……この『さいだー』だったはずなのに……頭が痛い……」

「酔っ払ったらしい」

ダークスの後ろで、バレッガ事務長がやれやれと溜息《ためいき》。

「タイタン様」

「………あいよ……」

「タイタン様が呑《の》んだのはビールで、サイダーではありません」

「何だって!?」

「そして酩酊《めいてい》したあげくに巨神像を破壊。神さまとはいえ器物損壊は犯罪ですな」

「……うぅ……悪かったよ……像は直す……」

ごろんと寝っ転がりつつ、溶岩色の髪をした神が起き上がった。

と思いきや、フラフラと壁に手をついて前屈《まえかが》みに。

「……吐きそう」

「お酒をですか？」

「溶岩《マグマ》」

巨神タイタンの即答に、その場の全員の表情が凍りついた。

「くっ……このままでは火山の噴火並に吐いてしまいそうだ……」

「お待ちを!?」

「誰か！　今すぐタイタン様にお水を！」

「医務室から酔い止めを持ってこい。この都市が壊滅するぞ！」

あっという間に大騒ぎ。大慌てで非常階段を行き来する事務員と、真っ青な顔で再び倒れてしまった巨神《タイタン》を見比べて――

「ケルリッチよ、フェイに伝えろ」

ダークスはその場で身を翻《ひるがえ》した。

「ここに神は来なかった。来たのはただの酔っ払いだ」

「彼、ルイン支部にはいませんよ。確か本部に出かけるとか言ってたような」

「……何だと？」

ケルリッチの報告を受けてしばし黙考。

その後に、ダークスは爛々《らんらん》と目を輝かせ、不敵な笑みを湛《たた》えたのだった。

「面白い！　フェイよ、楽しみにしているぞ！」

それと時同じくして。

聖泉都市マル＝ラから遥《はる》か遠く。

ただし物理的な距離ではなく、人間世界と霊的上位世界《エレメンツ》というまさしく次元の隔たりがある空間。

神の迷宮ルシェイメア。

前代未聞の帰還困難事件を引き起こした超巨大迷宮の奥に、神《ラスボス》に挑むための闘技場がある。そこで――


「我だよ！」


闘技場に、何とも愛らしく元気いっぱいの声が響きわたった。

足を弾ませたスキップ調でやってきたのは、胸に「無敗」の二文字が書かれた水着姿の少女――無限神ウロボロスである。

「無敗の我が遊びに来たよ！」

「…………」

しんと静まる闘技場。

本来ここで神《ラスボス》が待ち受けているのだが、ウロボロスの前には、高さ二メートルほどのピラミッドがぽつんと設置されているだけだ。

冥界神アヌビスの墓。

それをしげしげと覗《のぞ》きこむ。

「おーい？　我が来たよ？　大人気の我が会いに来たんだよ？」

「………………」

墓は沈黙。

それもそのはず。冥界神アヌビスはゲーム設定上「死んでいる」。

迷宮の全ギミックを攻略し、解放値百パーセントを達成してようやく復活する。神《ラスボス》に用があるのなら、まずはこの迷宮に挑──

「出てこい頭《おつむ》の悪いバカ」

「──余のどこがバカだってぇぇぇぇぇっっっ！」

爆発した。

凍りついたように沈黙していたピラミッドが、噴火のごとき勢いで盛大に吹き飛ぶや、小麦色の肌をした神が飛び出した。

「墓の中で気持ちよく寝ていたのに、さっきから大声で騒ぎおって！」

黄色と黒の縞々《しましま》模様をした杖《つえ》を手にして。

金色のメッシュが入った青髪をなびかせた少女が、闘技場の上段へと着地する。

「余こそは！　この迷宮の神にしてラスボスたる冥界神――」

「それはどうでもいいから！」

「良くない！」

血色よく上気した冥界神が、ブンブンと首を横に振る。それからウロボロスを頭から爪先までじーっと見つめて。

「……なぜ水着？」

「その件でお前に会いに来たんだよ！」

「ほう？」

「胸を大きくする薬をおくれ！」

腰に手をあてたウロボロスが、右手を差しだした。

まるで「お菓子をちょうだい」と親にねだる子供のような仕草である。

「無限の成長たる我だけど、身体《からだ》が自然成長するのを待っていたら時間がかかる。我は今すぐ決着をつけたいのさ。この迷宮は愉快なアイテムが沢山あるし、そんな薬も一つや二つあるだろう？」

「いや無いが」

「――――」

しん、と静まる迷宮。

手を差しだしたまま硬直するウロボロスの背後を、パフーと呼ばれる茶色の毛玉状モンスターが暢気《のんき》に通り過ぎていく。

「いいやあるはずだ！　我の直感がそう言ってるよ！」

しかしウロボロスは諦めない。

「さあ！　今なら我の直筆サイン色紙と交換だ！」

「だから無いものはないと――……っ。いや！　待つがいい！」

冥界神がカッと目をみひらいた。

ウロボロスの正面でくるっと反転。何やら自分の胸のあたりを両手でごそごそと――

「……ええと……この大きさがちょうど……むっ……逃げるな！」

「何をしてるんだい？」

「完成である！」

冥界神《アヌビス》が勢いよく振り向いた。

その両手を腰にあてて、胸を強調するように背を反らしながら――

「これを見よ！」

「おおおっ⁉」

刮目《かつもく》するウロボロス。

振り返った冥界神《アヌビス》の胸が、あっという間に二回りは豊かに発育していたのだ。黒いインナーから零《こぼ》れそうなほどの圧倒的迫力である。

「これだよこれ！　まさに我が望んでいたもの！　どうやったんだい⁉」

「ふふふ。こやつよ！」

冥界神《アヌビス》が、服の胸元を外側に引っ張った。

肩が露出したタンクトップに近い服を引っ張った途端、胸の横側から茶色い毛玉が飛びだした。

『パフーっ！』

「こ、こいつはパフーかい⁉」

宙に飛び上がった小型モンスターを、仰天のまなざしで見上げるウロボロス。

そう。

なんと冥界神《アヌビス》は、両胸にパフーを二体詰めていたのだ。

「これであっという間に胸が大きく見える！」

「おおおっ⁉」

「さらに！　胸の膨らみを足したいなら、このリンゴを胸に詰めるも良しだ！」

「うおおおおおっっっ!?」

迷宮ルシェイメア名物、殺人リンゴ。

見かけは瑞々《みずみず》しく美味《おい》しそうなリンゴだが、紛《まぎ》れもなく迷宮を代表する凶悪ギミックである。攻略を目指すプレイヤーたちの前に幾度となく立ち塞がり（主にパールの前に）、鮮血を撒《ま》き散《ち》らし再開始《リスポーン》へと誘《いざな》ったことは記憶に新しい。

「お前やっぱりバカだろ」

「余のどこがバカだぁぁぁぁぁ――――――――っっ!?」

「邪魔したね！」

欲するものは迷宮ルシェイメアに無かった。

そう悟ったウロボロスは、さらなる旅へと飛びだした。

すべては豊かな発育のために。神秘法院本部に行く目的などすっかり忘れ、ウロボロスは次なる霊的上位世界《エレメンツ》を目指すのだった。

「誰か！　誰かいないのかい！　豊かな胸を育てる秘訣《ひけつ》を教えておくれ！」

――だが。

全知全能の神《ウロボロス》は、焦《あせ》りのあまり忘れていた。

神々の遊びを司《つかさど》る数多《あまた》の神々。その一体に、迷宮ルシェイメアと同じく「迷宮」ゲームを好む神がいる。その神こそが……

ある霊的上位世界《エレメンツ》。

ここは土の匂いが満ちた地下迷宮。

地下だけあって壁や天井も土でできている。その広間にて――


「はっ⁉」

「？　どうしたミノちゃん？」

「今、誰かに呼ばれた気がしたよ！」

カルタに興じる二体の神。

ミノちゃんと呼ばれた神が、牛の耳をピンと突き立てて振り向いた。

「この人獣神ミノタウロスを呼ぶ声がするよ！」

「……いや、しないが？」

もう片方――

海色のフード付き衣装をまとった少女が、ぽかんと呆《ほう》けたように呟《つぶや》いた。カルタを手に座りこみ、後ろには愛用の三叉槍《トライデント》が地に突き刺さっている。

海神ポセイドン。

こちらは海の神さまだが、この人獣神ミノタウロスとは「ドンちゃん」「ミノちゃん」

と呼び合う親友関係である。

「ミノちゃん、カルタで負けそうだからってそんな見え見えの言い逃れを」

「ち、違うよ！　私には確かに聞こえたの。私を求める声が！」

「我が輩には聞こえなかったぞ」

早く早く、と。

カルタの続きをせがむ子供じみた仕草で、ポセイドンが地面を叩《たた》く。

「我が輩ならばともかく、ミノちゃんに助けを求めて何になる。ミノちゃんの取り柄なんてそのデカい胸だけであろうに」

「確かにねぇ」

「くっ⁉　煽《あお》ったつもりが、何か妙に自慢された気がするぞ我が輩！」

「ふふっ。ドンちゃんは可愛《かわい》いなぁ。ほらおいでおいで」

ミノタウロスは「牛」の神。

その最大の外見的特徴が、これでもかと膨らんだ豊かな胸だ。

振り向いただけで暴れまわるような揺れ方をする圧倒的豊満さ。かつてそれを目撃したレーシェとネルが「でかっ⁉」と悲鳴を上げた程である。

「でも、そうだよねぇ。私の取り柄って……せいぜい胸が大きいことと声が可愛いこと、包容力があっておっとり穏やかで遊戯が得意なことくらいだし……」

「自慢になってるぞミノちゃんよ」

ミノタウロスに抱きしめられる海神《ポセイドン》。

あまりに豊かな胸に押さえつけられているせいで、海神《ポセイドン》の頭が半ばすっぽりと谷間に挟まっているという有様である。

「うーん。でも確かに聞こえた気がするんだよねぇ……」

「気のせいであろう。どこぞの蛇がバカなことを言ってるが、そんなの聞く必要もない」

「やっぱ聞こえてるじゃんー」

「我が輩たちのカルタ遊びを邪魔されては困る」

「そだね！」

かくして――

仲良し神二体は、無限神《ウロボロス》の声を聞き流して遊戯《カルタ》の続きを始めたのだった。

Chapter

Player.4　チーム「覚醒《アウエイキン》」――人神決戦《ラグナリーグ》――

God's Game We Play

1

神秘法院本部。

その所在は、実に高度一万メートル超。深い蒼穹《そうきゆう》のなか、ぽつんと白点を穿《うが》ったように映える神話都市ヘケト＝シェラザード内で――

「プレイルームが一つ空いている。ここにするか」

本部二階の奥。

その扉の向こうには、対面式の四角テーブルが十卓以上。

特筆すべきはどの机にも遊戯用の賽子《ダイス》や鉛筆が置いてあること。さらに天井には、テーブルと同数のカメラが吊《つ》り下《さ》げられている。

放送機材も完備である。

「見ての通り盤遊戯《ボードゲーム》のための練習部屋だ。俺が借り切っておいた」

部屋に入ったケイオスが、中央のテーブルを指さした。

この卓にしよう、と。

「ミランダ、わたしこの部屋気に入ったわ！」

「同感ですレオレーシェ様、ルイン支部にも用意したいですね。設備高そうですが」

興味津々《しんしん》に部屋を歩くミランダ事務長。

「……で。ケイオス君？　何かと無精な君にしては凝った提案をしてきたものだね」

卓に座るのは自分《フェイ》とケイオス。

その二人を見やり、ミランダ事務長が物珍しげに腕組みしてみせた。

「話を確認しよう。君ら二人でゲーム対決。それでフェイ君が勝ったら色々と話をしてくれると」

「その通り」

頷《うなず》くケイオスが、対面に座るこちらに視線を戻した。

「フェイ。一年前、俺がチーム『覚醒《アウェイキン》』を解散したことは申し訳なく思っている。もちろん他のチームメイトにも」

「……そうですね」

苦笑いで応じる。

正直、あの時の心境を思いだすならば「せめて事情を一言教えてくれ」と文句の一つも言いたかったところだが。

「俺が勝てば話してくれるっていうなら、頑張って挑みますよ」

「お前が知りたがっていること以上を話そう」

「…………」

引っかかる。

彼《ケイオス》は先ほども同じことを言っていた。知りたいこと「以上」とは何を指す？　わざわざ繰り返すことに引っかかりを覚える。

「それで先輩、ゲームのお題は何ですか？」

部屋の奥には、遊戯の箱が何十と収められた棚がある。

あの盤遊戯《ボードゲーム》のどれかを選ぶのだろうか。

――ただし。

棚を見る限り、自分《フェイ》はあれらのゲームをすべて経験済《プレイ》みだ。

「フェイ、お前は聖泉都市マル＝ラで『Mind　Arena』を経験済みだったな」

「よくご存じで」

「あの試合も本部では大騒ぎだった。いい勝負だったな」

ケイオスが取りだしたのは一冊の古書。

否《いな》。ぼろぼろに擦《す》りきれた本のカバーを開いたそこには、空洞があった。

本の形をしたゲーム収納箱。

十六枚のカードが、そこに収まっていた。

「あの『Mind　Arena』は、かつて神々の遊びで人類が経験したゲームを参考に作られている。今から俺たちが競う遊戯もな」

「……このカードゲームが？」

「ああ。太古の昔に神々からもたらされた遊戯が元になっている」

太古の遊戯《フェイ》？

確かに自分も初めて見るカードゲームだが、この十六枚は、太古から存在するにしてはあまりに美しい。

現代的なイラストに加え、何より現代語でテキストが印刷されている。

――つまり嘘《ダウト》。

彼《ケイオス》お決まりの「真顔で語る冗談」だろう。

「正確には俺が作ったコピー品だ。太古で遊ばれていたカードゲームを翻訳し、知り合いの絵師にイラストを頼んでな。綺麗《きれい》に印刷されているだろう」

「……へえ。で。どこの都市で売ってるゲームです？」

「これは嘘《うそ》じゃない」

「なんでそう紛らわしいかなっ⁉」

撤回。これは嘘ではなかったらしい。

と、それを聞くなりレーシェがキラキラと目を輝かせた。

「ねえ人間！　これ売って！」

「ふむ……確かに商品化は俺も考えていたところだ」

意外にも、ケイオスが真面目《まじめ》に食いついた。

「熱意あるスポンサーを募集しよう。俺とフェイの遊戯を見て興味が出たらぜひ一報を。これは電子端末を介し、世界中のプレイヤーが遊べるネット型対戦カードバトルだ。連絡先は神秘法院工学部《ミスティックファクトリー》、遊具部門《ジョイ》……略してMF部門Jまでご一報を」

「誰に言ってるんですかね!?」

「遊戯を愛する者として、世界に広く届ける大義がある」

十六枚のカードを机上に並べていく彼。

パールにネルにレーシェ、ミランダ事務長の視線をそこに集めながら——

「これも商業化のテストプレイ。裏を返せばまだ試作段階だ。遊戯の翻訳者である俺も、このゲームが特段得意というわけじゃない」

「じゃあ、ゲームの大枠は？」

「『数字の強いカードの比べっこ』だ。そこにコインがある。ポーカーのように自分のカードに自信があればコインを多く賭け、自信がなければ降りる。強さの基準となる数字は、カードに記載されている」

十六枚のカードの特徴——

自分《フェイ》が真っ先に気になったのは、ほとんど全てのカードに「人」「神」どちらかの文字が刻印されているという共通点。

「気づいたか。俺たちは『神デッキ六枚』と『人類デッキ六枚』のどちらかを選び、勝負する。これが古代のカード『人神決戦《ラグナリーグ》』だ」

古代カード遊戯『人神決戦《ラグナリーグ》』

【ゲームルール】

①『神デッキ』『人類デッキ』のどちらかを選択。

デッキ選択後、互いのデッキから一枚を無作為《ランダムドロップ》に捨てる。

※何のカードが捨てられたのか相手からはわからない。

勝負は、残る五枚の手札で行う。

②毎ターン、カードを「裏向き」で勝負する。

(互いに、相手が何のカードを出したかは勝負結果で推測するしかない)。

判定は機械による自動判定。

攻撃力(カード左上)数字の大きい側が勝利するが、カードの効果によってはその限りではない。

一度出したカードは除外する(「御使《みつか》い」「治癒士」はその例外)。

③互いにコインを10枚ずつ所持。（以下、ポーカールールに準拠）
毎ターン開始時、参加料としてコイン1枚を支払う。

勝負《コール》＝互いに同数のコインを賭けて勝負。勝者がコインをすべて得る。

上乗せ《レイズ》＝相手の賭けたコインを上回るコイン数を提示する＝強気の勝負《コール》。

降参《フォールド》＝相手のレイズに対して勝負《コール》をせず不戦敗（最小限のコインロスで済む）」

これはバトル前敗北であり、バトルとしては扱わない。

④勝負は原則五ターン。
ただし「御使い」「ミィプ」「治癒士」「旅人」は手札を増やす・維持する効果があり、手札が残っているかぎり最大七ターンまで勝負を行う。

⑤全ターン終了後、所持コインの多かった方が勝ち。

「お前のことだ。もう頭に入っただろう」

ケイオスが二台の電子端末を取りだした。

モニターには『人神決戦《ラグナリーグ》』と描かれた画面。ケイオスの試作品らしいが、ゲーム画面はいたって見やすく秀逸だ。

古代カード遊戯『人神決戦《ラグナリーグ》』

神デッキ 6枚

07 〖神〗 **魔神**

このカードで敗北した場合、相手側の手札を見ることができる。

09 〖神〗 **神竜**

このカードでバトルに勝利した場合、神チームの勝利となる。
このカードは【創造】の効果を受けない。

11 〖神〗 **御使い**

このカードで勝利した場合、消費されずに再びプレイヤーの手札に戻る。

人類デッキ 6枚

06 〖人間〗 **賢者**

コイン2枚以上の上掛けを強要できる。
このターン、あなたはコインを失わない。

06 〖人間〗 **罠細工士**

このカードで勝利した場合、神チームの手札を見て、次に相手が出すカードを指定できる。

08 〖人間〗 **治癒士**

このカードは、使用後も手札に残して良い。また手札から使用することで+2の装備カードになる。

無陣営《アディショナル》 4枚

00 〖天地〗 **名前のない子**

カードセット時、手札にない人間側の1枚を選ぶ。そのカードの効果を得る。

〖創造〗 **雷と剣**

【人間】【神】いずれかのカードを+5。

〖創造〗 **翼と盾**

【人間】【神】いずれかのカードを−5。

01 〚神〛 ミィプ

プレイ後、アディショナルカード【創造】を1枚選んで手に入れられる。

04 〚神〛 聖霊

このカードで敗北した場合、人間側の手札を指定する。そのカードを1枚捨てさせられる。

05 〚神〛 守護獣

場に出された敵カード効果を受けつけない（勇者・魔法士に勝つ）。

---

01 〚人間〛 魔法士

このカードの攻撃力は、相手の攻撃力のコピーとなる。

02 〚人間〛 旅人

プレイ後、アディショナルカード【天地】【創造】好きな方を1枚入手。

04 〚人間〛 勇者

神との戦闘時に＋99（守護獣には無効）。
このターンの取得コインが三倍になる。

---

99 〚天地〛 創造主

使用後に消滅する。次のターン必ず出さなくてはいけない。
御使いとのバトルのみ、両敗北とする。

「プレイはこの端末にある電子版《アプリ》で行う。画面に表示されたカードに触れればカードが選択され、コインに触れればコインが選択される」

「……理解しました」

ゲーム制作者《マスター》のケイオス。

ゲーム初挑戦《ビギナー》の自分《フェイ》。

知識の差は否《いな》めないが、このゲームは、カード効果を正しく理解できれば心理戦の結果次第でどちらにも勝利の天秤《てんびん》が傾くだろう。

……ケイオス先輩は真っ向からの戦いを望んでる。

……そして実際、このゲームは知識や定石よりも、心理戦の方に重きが置かれている。

知識差・技術差の優劣は返せる。

ただし。

──神デッキと人間デッキ。

第一印象で誰もが思っただろう。神デッキの方が強くないか？　と。

「では」

電子端末の一台を差しだすケイオスが、もう片方の電子端末に触れた。

「俺は神デッキをもらう」

「ちょ、ちょっと待ってくださいっ⁉」

フェイが口を開くより先、後ろからカードを覗《のぞ》きこんでいたパールが叫んだ。

だがもう遅い。

フェイの電子端末の画面には、既にケイオス側が「神デッキ」、自分《フェイ》が「人類デッキ」で決定された。

「不公平ですよ！　だ、だって明らかに神デッキの方が強いじゃないですか！」

「なぜそう思う？」

「え……そ、それは……ねえネルさん！」

「……うむ。私にもそう見えるが」

ネルも恐る恐る首肯《しゅこう》。

「特にこの『御使《みつか》い』と『神竜』の二枚は、明らかにこの遊戯の規格外《バランスブレイカー》だ！」

【神】『御使い』パワー11。勝ち続けるかぎり手札に残る。

【神】『神竜』パワー9（人間側の全カードより強い）。

このカードでバトルに勝利した瞬間、ゲームそのものが勝利となる。

『御使い』はデッキ全体で最強カードでありながら、何度でも場に出てくる。

『神竜』にいたっては、このカード一枚でゲームを終わらせる。

明らかな規格外《バランスブレイカー》。

……もちろん人類デッキも対抗手段がないわけじゃない。

……『勇者』ならその両カードに勝てる。『魔法士』でも引き分けだ。

とはいえ心理戦は不利。

特に『神竜』が最恐だ。これが出たターンで必ずこちらも『勇者』か『魔法士』を出していなければならない。外・せ・ば・負けなのだ。

……全五ターンのどこかで『神竜』が出る。何ターン目に出てくる？

……『勇者』と『魔法士』の二枚があっても、『神竜』にかち合う確率は五分の二だぞ。

つまり五分の三で負ける。

人類デッキの勝率が40パーセントを上回ることがない。そう見えるが。

「正しい理解だ。神デッキが序盤の心理戦で有利なのは間違いない」

自らの画面を見下ろすケイオス。

モニターからの青い発光で、肌を青く染めながら。

「だがフェイ。お前が人類デッキを使うことに意味がある・・・・・・・・」

「『すべての魂の集いし聖座《マインド・オーヴァー・マター》』が神チームで、俺たちが人間チームだから？」

「わかってるじゃないか」

ケイオスが、珍しく口の端を楽しげに吊《つ》り上《あ》げた。

「神々に挑むお前が、神デッキ程度に恐れを抱いては困る」

「……先輩が、それを見定める役だと？」

「俺はただの雑用だ。ではゲーム説明に戻るが、ゲームシステム上、第三者による審判がいる。今回は機械の自動判定に任せるがな」


この遊戯は、カードが一度も表にならないまま進行する。


たとえば一ターン目――

自分《フェイ》が『賢者（攻撃力6）』を出すとしよう。

ケイオスが『？？？《ケイオス》（裏向き）』を出す。

自分《フェイ》が勝てば、彼のカードは『ミィプ』『聖霊』『守護獣』（賢者の攻撃力6を下回る）のどれかと推定できる。逆に、自分《フェイ》が負けるなら『魔神』『御使《みつか》い』の二択になる。（『神竜』に負けたならゲームそのものが終了）

……不完全情報ゲーム。

……審判の判定から、相手の手札をどれだけ正確に推測するかが勝負を決める。

たかが六枚のカード。

だが「常に裏向きで勝負する」ルールが、これを複雑怪奇にする。

「ゲーム開始にあたり、互いのデッキ六枚から一枚を落とすランダムドロップが行われる。機械の無作為抽出でな」

『ランダムドロップ』

『神デッキ、人類デッキから無作為《ランダム》に一枚を倉庫に格納します』

フェイの画面上――

人類デッキの六枚が裏向きでぐるぐると回転し、そこから一枚が吹き飛んだ。

一枚がフィールド外へ。

残った五枚が自分の手札となる。

……『罠《わな》細工士』『賢者』『旅人』が落ちるなら上々。『治癒士』も許容範囲。

……『勇者』『魔法士』だけは勘弁してくれ。

回転が止まる。

残った五枚を確認し――――

「…………」

なるほどね。

自分の悲運《ハードラック》ぶりに、フェイは心の内で苦笑いを禁じ得なかった。

「今から五分の作戦タイムだ。第一ターンにどのカードを出すか考える時間が与えられる。その間に、ミランダ事務長」

ケイオスが新たなカードキーを取りだした。

事務長にそれを投げ渡して。

「隣がモニタールームだ。俺とフェイの遊戯を観戦用画面で見られるよう設定してある。それも大画面でな。ここで俺たちの電子端末を覗《のぞ》きこむよりよほど面白い」

「準備がいいじゃないか」

ミランダ事務長が身を翻《ひるがえ》した。指先でカードキーをくるくると回転させつつ、パールやネル、レーシェをもう片手で手招きして。

「じゃあ私たちは移動だよ」

パール、ネル、レーシェが続いて退室。

残されたのは二人だけ。

一年前、『覚醒《アウェイキン》』リーダーだった彼《ケイオス》と、新入りだった自分《フェイ》。

――互いに無言。

デッキ五枚のテキストを穴が開くほど凝視し、脳内で仮想ターンを描いていく。

どのカードを何ターン目に出すか。

……与えられたこの五分は、初手を考えるだけじゃない。

……俺にとっては人類デッキそのものの戦略を決定づける時間だ。

時間の経過が早すぎる。

瞬《まばた》きにも近い体感速度で五分が過ぎていく。

「五分はあっという間だな」

壁の時計を見上げるケイオス。

落ちついた雰囲気からも、彼は既に全ターン分の仮想《シミュレート》を終えているに違いない。

「このゲームはお前にとって初見。必要であれば作戦タイムを五分追加するが？」

「大丈夫です」

画面に表示された五枚のカードを凝視し、フェイは頷《うなず》いた。

「勝負です、先輩」

═══

時同じくして。


隣接のモニタールームへ――

ミランダ事務長に連れられて、三人の少女たちが流れ込んだ。

「事務長！　早くモニターをつけてくれ！」

「まああ落ち着きなってネル君……ええとこのボタンで……」

天井に吊《つ》り下《さ》げられた大型モニターが、起動。

ミランダ事務長がコーチ用の席に座り、その後ろではネル、パール、レーシェが立ったままモニターを見上げる。

「っ！　映りました！」

パールが指さす画面に映るのは、黒髪の少年フェイと青く無造作な長髪のケイオス。

続いてその画面が切り替わり――

まずはプレイヤー1（ケイオス）画面。

ケイオスが見ている画面なのだろう。彼の手札である神側の五枚は見えるが、対戦相手フェイの手札は全て裏向きだ。

「これがケイオス殿の手札か！」

ネルが興奮気味にモニターを覗《のぞ》きこむ。

神デッキ五枚は――

「まず『ミィプ』！　さらに『守護獣』と『聖霊』……」

「『御使《みつか》い』もあります。パワー11っていうカードが見えますから！」

続いてパールも参加。

「あと一枚はパワーが9ですね。該当のカードは……っ！」

パールが小さく息を呑《の》む。

神デッキでパワー9を誇るカードは『神竜』。

この『神竜』が勝利した時点でゲームそのものが勝利となる。何が恐ろしいかというと、人類デッキで最も強いのがパワー8ということだ。

「良い五枚ね」

レーシェが真顔で頷《うなず》いて。

「さっきのランダムドロップ。神デッキで落ちたのは『魔神』ね。……フェイからすれば『御使い』か『神竜』欠けを願ってたでしょうけど、両方残ったのが厄介ね。この二枚に対抗できる人類デッキは『勇者』『魔法使い』の二枚きりだし」

一枚も欠けてはならない。

神側の切り札二枚を、人類側の切り札二枚で相殺せねばならないからだ。

ではフェイ側のカード五枚はどうだ？

「事務長早く早く！　フェイさんの手札も見せてください！」

「はいはい。こっちかな」

映像が切り替わる。

フェイ視点の画面へ――

「っ！　やった、『魔法士』がありました！」

魔法士は最弱だが、相手の攻撃力のコピーとなる効果をもつ。

神のほぼ全カードと引き分けられる、人間側の切り札の一つだ。

「その隣にあるのが『治癒士』、『罠《わな》細工士』、『賢者』……あと攻撃力が2のカードだから『旅人』!……っ、待て。これが全てだとしたら――まさか……!?」

フェイの五枚。

そこに『勇者』はなかった。

「あちゃぁ。フェイ君ってこういう場面の引きはとことん苦手だよねぇ」

「……こっちの引きはまずいわねぇ」

頭を抱えるミランダ事務長。

その後ろではレーシェさえも苦笑い。

「神側の勝ち筋はめちゃくちゃあるわ。まず五ターンのどこかで『神竜』を出す。それにフェイがぴったり『魔法士』をぶつけられなかったら負け」

「その確率って五分の一ですよね!?」

「ええ。これだけ見ても勝率は二割以下。しかも早々に『神竜』を止めたところで、こちらが『魔法士』を消耗したら次ターンから『御使《みつか》い』に蹂躙《じゅうりん》される。最強の攻撃力11で何度でも場に出てくる」

「ほぼ負け確定じゃないですか!?」

「カードの強さならね」

「え？」

「パール、これを忘れちゃった？」

天を仰ぐパールに、レーシェが何かを放り投げた。

きらきらと黄金色に輝く軌跡。

宙を渡ってパールの手に収まったのは、テーブルに積まれていたコイン。先ほどの部屋で目敏《めざと》く手に取っていたのだろう。

「この遊戯は、カードの強さ比べを介したコインの奪い合いっこが本命なのよ」

「――虚勢《ブラフ》か！」

パールに代わり、吼《ほ》えたのはネルだった。

誰よりも賭け神戦《ブックメーカー》で痛感しただろう。

ポーカーの強さとは手札の強さに非《あら》ず。手札が弱いからこそ、手札の弱さを知られぬよう振る舞わねばならないのだ。

〝勝ち筋はあったんだよ〟

〝虚勢《ブラフ》を挑むべきはお前だったのさ〟

こちらには勇者と魔法士が両方があるぞ、と。

決死の上乗せ《レイズ》でケイオスを錯覚させる。なぜならケイオス視点は、フェイの手札で何が落ちているかわからない。

「……悟られちゃいけないね」

ミランダ事務長が、モニター前で肘をつく。

「二人は元同チームだし、互いに勝負の癖は知っているはず。強気すぎる上乗せ《レイズ》で違和感を与えたら逆効果だ。『勇者か魔法士のどちらかが欠けてる』と見破られた瞬間、『御使《みつか》い』と『神竜』を続けざまに出されてゲームエンドだ」

「……フェイ殿にとっては、常に薄氷の上をいく勝負だな」

ネルの呟《つぶや》きと同時に、事務長がカメラを切り替える。

中央カメラ。

フェイ、ケイオスの姿を映す映像に切り替わり――

『始めよう。第一ターンだ』

カメラを通じて。

底知れぬ緊迫で静まりかえった部屋に、ケイオスの宣言がこだました。

【第一ターン開始】

プレイルーム――

隣室でレーシェたちが見守るなか、フェイは、自分の画面を凝視し続けていた。

「…………」

自分《フェイ》のカード五枚（攻撃力）

治癒士（8）、罠細工士《わな》（6）、賢者（6）、旅人（2）、魔法士（1）。

『勇者』が欠けた。

ゲーム開始時のランダムドロップで、人類デッキの切り札が消えたのだ。

……さあどうする。ケイオス先輩はどうだ？。

……ランダムドロップで、『御使い』と『神竜』のどちらかが落ちた可能性はある。

片方が落ちる確率は2／6。つまり3回に一回は起きうるのだ。片方が落ちたのなら、残ってる片方と『魔法士』をぶつければいい。

……理想は『神竜』が落ちてること。

……なんて都合良く思いすぎて、一ターン目で『神竜』出されて負けが一番怖いけどな。

願い過ぎるな。

想定すべきは常に「自分にとっての最悪」。『神竜』と『御使い』どちらも残っていると仮定した戦略こそが求められる。

……ケイオス先輩の立場で考えろ。

……『神竜』を出すなら一ターン目か？

後半になるほど手札が減り、相手の残りカードも推測しやすくなる。

神デッキの最大の勝利パターンが『神竜』での一撃勝利である以上、手札の内訳が未知である前半でこそ『神竜』を出したいはず。

『御使《みつか》い』も同様だ。

『御使い』は連勝するかぎり手札に残り続ける。一ターン目にこれほど最適な札はない。

——ゆえに初手『魔法士』。（勇者がないため）

これが人類デッキの最適解。

神デッキの最適解である初手『神竜』『御使い』を止めた上で、迷わず『魔法士』を切ることで手の内にまだ『勇者』があるぞという虚勢《ブラフ》になる。

……疑いなき最適解だ。

……あまりに最適解すぎて先輩にも読まれるだろうけどな。

自分《フェイ》がケイオスの立場ならば。

初手『魔法士』『勇者』を読んだうえで別カードを出す。これで『魔法士』なり『勇者』を空振り消費させれば戦況は一気に優位に傾くからだ。

……で、ここから先は読みあいだ。

……そして読み合いで絶対勝たなきゃいけないのは俺の方。

まずは『神竜』。

これが一ターン目に出てくるか、否《いな》か。

出してくるなら『魔法士』を出すしかない。だが読みを外せば『神竜』への対抗手段が尽きる。最後の最後、残り〇・一秒までも使って考え尽くして——

「では始めよう、互いにカードを場に出す」

静寂の場に、ケイオスの宣言が響きわたった。

「いくぞフェイ」

「受けて立ちます」

モニター内——

フェイの触れたカードが裏表示のまま光輝く。ケイオスのカードも同様だ。

「コインを賭けるんでしたっけ」

「そうだ。互いに参加料を一枚払ったうえで、賭けたい額を提示しろ」

コイン十枚を所持。

そこから参加料を引いて残り九枚。あとはどれだけコインを積み重ねるか。

「俺は参加料一枚とは別に、一枚追加します」

「勝負《コール》」

ケイオスの返事には迷いがなかった。

互いに二枚ずつコインが画面中央へと移動。これでカード勝負の準備は整った。

『カード審判へ移行します』

……俺が選んだのは『治癒士』。

……ケイオス先輩が初手『神竜』だったら俺の負け。

信じろ。

自分の判断を。

一瞬の間。だがフェイにとって何十分にも等しい体感時間が過ぎるなか——


『第一ターン』

『勝者フェイ。コイン譲渡によりフェイ12枚、ケイオス8枚』

『残りカード——フェイ5枚。ケイオス5枚』


「っ！」

フェイとケイオスが、一瞬、互いに相手を見やったのは同時だった。

勝敗ではない。

その後に告げられた残りのカード枚数にこそ意味がある。互いに五枚所持から一枚使い、残りは四枚になるはずなのに。

手札は五枚のまま。

つまりカード効果で一枚増えたのだ。

……俺の『治癒士』は、使っても手札に留《とど》まる効果。

……そして神デッキでカード補充できるのは『ミィプ（攻撃力1）』しかない！

治癒士（8）――戦闘に使用した場合、これを手札に残していい。
　装備品として使用することで＋2の攻撃力を付与できる。

ミィプ（1）――プレイ後、無陣営《アディショナル》カードを1枚選んで手に入れる。

自分《フェイ》は『治癒士』を戻して手札5枚。

ケイオスは『ミィプ』を消費したが無陣営《アディショナル》カードを得て手札5枚。だから彼の現在手札はこうなる。

『?』、『?』、『?』、『?』、無陣営《アディショナル》カード【創造】。

……考えることはまだある。

……先輩は、無陣営《アディショナル》カード【創造】のどちらを選んだ？

こちらは二択。

カードの攻撃力を5上げる『雷と剣』、カードの攻撃力を5下げる『翼と盾』。裏返しの効果に見えるが、神側が選ぶのは前者『雷と剣』でほぼ確定。

……より確実に『勇者』を倒すためだ。

……任意のタイミングで『守護獣』を強化するために！

勇　者（4）――神との戦闘時に＋99。
守護獣（5）――敵カードの効果を受けつけない。（勇者・魔法士に勝つ）

『勇者』は『守護獣』に勝てない。

だが実は、『治癒士』の装備カード効果と組み合わせることで『勇者』を攻撃力6まで上げることができたのだ。

……それが潰された。

……あの『雷と剣』を使えば『守護獣』の攻撃力は10まで上がる。

最恐カード『神竜』は絶対に止めなくてはならない。

そのために『勇者』『魔法士』を出そうとすれば、『雷と剣』で強化した『守護獣』で狙い撃ちされる。

さらにケイオスは、『守護獣』を出したターンに限界までコインを上積みできる。

絶対負けないからだ。

……という虚勢《ブラフ》ができるってのが一番厄介だ。

……ケイオス先輩が全賭け《オールイン》してきたら、それが虚勢《ブラフ》でも俺は降参《フォールド》しか道がない。

圧倒的に不利。

次の第二ターン、自分《フェイ》は、絶対に選択を間違えられない。

═══

時同じく。

プレイルームでこの第一ターンの一部始終を見守って——

「……これがケイオス殿の戦術か！」

ネルが唇を噛《か》みつぶした。

状況はフェイが圧倒的不利。なぜならば——

「フェイ殿には『守護獣』に勝てるカードがない……」

「ちょ、ちょっとズルいですよ!? 神竜を一ターン目に出すぞと警戒させて『ミィプ』でカード補充って、あの無陣営カード《アディショナル》のせいで『勇者』も勝てなくなったんですよね!?……元々フェイさんは『魔法士』しかないけど……」

モニタールームにて。

パールが、正面のモニターを何度も何度も切り替える。

──ケイオスの画面。

彼が選んだ無陣営《アディショナル》カードは予想どおり『雷と剣』。

──フェイの画面。

手札に『治癒士』が戻ったが、それだけだ。

ケイオス側が『雷と剣』＋『守護獣』をちらつかせてコインを全賭《オールイン》けした時、フェイは降参《フォールド》しかできない。

「フェイ殿の勝機は、ケイオス殿が『守護獣』での虚勢《ブラフ》をしかけた時に、タイミングを合わせて『魔法士』以外のカードを出して勝利すること。『罠細工士《わな》』で勝てば大きいが……いや、ケイオス殿ならばそこまで読んで『神竜』を出してくる可能性も……」

「──そうかしら」

「えっ!?」

「私の勘だけど、次に彼が出すカードは『守護獣』でも『神竜』でもなくて『御使《みつか》い』よ。一ターン様子見するんじゃないかしら」

「ど、どういうことだレーシェ殿!?」

ネルが目を見開いた。

独り言めいた口ぶりのレーシェへ、黒髪を乱す勢いで振り向いて。

「フェイ殿には『守護獣』を覆《くつがえ》すカードがない。ケイオス殿がここから全ターン全賭《オールイン》けを仕掛けてくるはずでは……！」

「そう？　あの男には、別のカードの幻想が見えてるのよ」

レーシェが画面を切り替える。

先ほども見たカード十六枚の一覧表へ。

「まず第一ターン。フェイ視点では『ミィプ』が出たと確定できるわ。なぜならカードの増減がない。『御使い』も手札に留《とど》まる効果があるけど、『御使い』が出ていたら『治癒士』は負けていた」

第一ターンの勝者はフェイ（『治癒士』）。

だからフェイ視点、対戦相手《ケイオス》が出したのは『ミィプ』で確定する。

「ケイオス視点はどうかしら」

「……っ！　そうかケイオス殿には判断できない。彼には『治癒士』ではなく『旅人』が出たように見えるのか！」

治癒士（8）――このカードは使用後も手札に残して良い。
　手札から使用することで＋2の装備カードになる。

旅　人（２）──無陣営《アデイシヨナル》カード【天地】【創造】から好きなカードを一枚入手

ミィプの攻撃力は１。

第一ターン、どちらに負けたのかケイオスは絞りきれないのだ。

「さっき彼《ケイオス》はこう考えたのよ。初手『神竜』は強力だが、当然にフェイは『魔法士』か『勇者』で迎撃してくるだろう。対する神デッキは、それを空撃ちさせる＋次ターンで『守護獣』＋『雷と剣』の全賭け《オールイン》戦術をするための初手『ミィプ』が最善手。──と、ここまでフェイは読んでくるだろう、って」

……………

ならばどうする？

彼《ケイオス》はさらに推測を深めたはずだ。

「初手『ミィプ』に対する最大の反撃手。それが初手『旅人』ね。これで無陣営《アデイシヨナル》カード【天地】から真の最強カードを引っ張ってくる」

無陣営《アデイシヨナル》カード【天地】

①名前のない子──人類デッキの任意のコピーになる（手札にないカード限定）。

②創造主（攻撃力99）──入手した次のターンに出さなくてはならない。『御使《みつか》い』とのバトルのみ両敗北となる。

「そうか、創造主だね！」

ミランダ事務長が端末を操作した。

『創造主』カードを画面いっぱいに拡大して。

「『雷と剣』で強化した『守護獣』は攻撃力10。これは『勇者』じゃどうやっても届かないから、ケイオス君は全賭《オールイン》けし放題。だけど『創造主』の攻撃力は問答無用の99！」

フェイはこう考えたはずなのだ。

彼《ケイオス》の二ターン目の有力手は『守護獣』か『神竜』。だが無陣営《アディショナル》カード『創造主』はその二つに勝利できる――と。

ここまでがケイオスの思考過程。

「よ、ようやくレーシェさんの話がわかりました！」

パールが胸に手をあてて深呼吸。

「次の二ターン目！　ケイオスさんは『創造主』を警戒して『御使い』を打つんですね！

……って、え!?　でもフェイさんは初手『旅人』じゃないですよ!?」

そう。

フェイの一ターン目は初手『治癒士』。

自分《フェイ》の『旅人（第一ターン）』→『創造主（第二ターン）』の戦略を警戒せねば――と、

ケイオスがその意図まで汲《く》むことを信じて打ったのだ。

——初手『神竜』であれば即敗北。

その極大リスクを抱え、フェイは一ターン目を生きながらえた。

「命がけで『旅人』を温存したのよ。これでフェイは二ターン目『旅人』→三ターン目『創造主』が打てるわ。最強のカードで不意打ちできる」

彼《ケイオス》の二ターン目は『御使《みつか》い』(『創造主』と相殺狙い)だろう。

そして三ターン目に今度こそ『雷と剣』+『守護獣』の全賭《オールイン》けを狙ってくる。そこに『創造主』で反撃する。

「どれだけ読み合いが多いんですかこのゲーム!?」

パールが頭を抱えこむ。

「じゃ、じゃあレーシェさん。フェイさんが二ターン目に出すカードは——」

「それはフェイ次第」

「じゃあケイオスさんの二ターン目は!?」

「繰り返すけど『守護獣』は無いわ。フェイが二ターン目に『旅人』を出すことを読んでの『神竜』もあり得るけど、より確実な『御使い』が濃厚かしら。性格次第ね」

まるで自身がプレイヤーかのように。

レーシェは目を爛々《らんらん》と輝かせてそう答えた。

「二人は知り合いなんでしょ？　ならきっと、次の第二ターンも確実に何かが起きるわ。楽しみね」

そして。

モニタールームの大画面に、新たな戦いを告げるメッセージが表示された。

【第一ターン終了、第二ターンへ移行します】

【フェイ――手札五枚、コイン12枚】

【ケイオス――手札五枚、コイン8枚】

2

『第二ターン開始』

『両プレイヤー、カードを選択してください』

画面に表示されたメッセージを見つめて。

「さて、どちらを出すか……」

目の前に並ぶ神側の手札五枚を凝視し、ケイオスは自らにそう問いかけた。

次は、ずばり『御使い』と『神竜』の二択。

思い返せば——

先の一ターン目は予定調和とも言える。

ケイオス自身、初手『神竜』を出す可能性も10パーセントほど捨てきれずにいたが、最終的には初手『ミィプ』を選んだ。

……『勇者』か『魔法士』が落ちてくれたら楽だったが、温存したな。

……フェイの手札は五枚のまま。となれば『旅人』を切った線が高い……が。

あるいは『創造主』の時間差トリック狙いで、『治癒士』を切った可能性もある。

だがケイオスの違和感はさらに別——。

……フェイはなぜ『勇者（魔法士）』を使わなかった？

……俺が一ターン目に『神竜』を出す可能性は確実にあった。

まさか一ターン目から勝負を終わらせには来ないだろう。自分《ケイオス》ならばその心理を逆手について初手『神竜』を大いに狙う。

フェイもそれは十分理解しているはず。

ゆえに『勇者（魔法士）』を温存したい、だけでは説明が付かない。

……一ターン目に出したくない理由があったな。

……たとえば片方が無い、とかな。

ランダムドロップで『勇者』（あるいは『魔法士』）が落ちてしまった可能性。

切り札は一枚のみ。

早々に使ってしまえば『神竜』への対抗策が尽きる。

それを忌避したからこそ、フェイは決死の覚悟で初手『旅人』（治癒士）を切った……

その可能性が匂う。

……フェイは『勇者』（『魔法士』）を温存したんじゃない。できなかった。

……だとすれば三ターン目まで俺が勝つ。

戦術は決まった。

あとはフェイの決定を待つだけだが。

……まだ時間はある。

……そうだな、ただ待つだけは退屈だ。

「フェイ」

目の前の対戦相手を――

かつての新入り《ルーキー》を見据え、ケイオスは無機質な口ぶりで言葉を続けた。

「俺は二ターン目のカードを決めた。だからお前がカードを選ぶ間が少々、物寂しい。少しばかり独り言を始めよう」

「お前の知らない古代魔法文明についての話を、だ」

その独白は突然だった。

第二ターンのカード選択時。

今後起きうる膨大なパターンを、フェイの脳が全力で展開しようとした瞬間に。

「——今から数十年前。伝説だった古代魔法文明の遺跡が、古い火山灰の地層から見つかった。遺跡都市エンジュからな」

ケイオスの言葉に、すべてが根こそぎ持って行かれた。

集中力も注意力も何もかも。

「……ケイオス先輩？」

「その何に惹《ひ》かれたのかは俺もわからない。子供の頃から興味があったのかもしれないな。俺は学者の真似事《まねごと》みたいに歴史書を読みあさり、半ば放浪癖のようにルインを飛びだして遺跡を訪れていた。そこで偶然に見つけたんだ」

何をですか。

反射的に思い浮かんだその返事を、フェイは二つの理由で躊躇《ためら》った。

一つ。第二ターンのカードが決まっていない。

二つ。この先輩は、自分が訊《き》かずとも話してくれる気がした。

「フェイ。お前も知っているものだ」

「……というと？」

「神の宝冠」

コトッ、と。

ケイオスが机上に転がしたのは、小さな黒い石片だった。

「神々の遊びにはご褒美がある。神の宝冠は、未攻略の神を撃破したときの贈り物だな。お前が手に入れた『ウロボロスの眼《め》』のように」

「あれは呪いのアイテムですよ。パールなんか燃えないゴミで捨てろって」

「そういう事もある」

ごく真剣に頷《うなず》くケイオス。

「神の価値観は人間と大きく違う。神にとってのご褒美が、人間にとってはゴミどころか災厄《ケイオス》だったとしても不思議じゃない。もっとも――」

彼が目を伏せた。

机上の黒い石片を見つめ、しばしの無言を挟んでから。

「遺跡都市エンジュで俺が発掘した神の宝冠は、古代魔法文明の人類にとって間違いなく有用だった」

「……………」

フェイが見やったものは、テーブル上に置かれた黒い石片だ。

もしやこれが――

「先輩が発掘した神の宝冠？」

「ああ。現代でいう高性能な記録媒体で、この石片一つで図書館一つ分の蔵書に匹敵する情報量が詰め込まれている。こいつを拾ったことで、俺は、古代魔法文明が衰退に至った経緯を知った」

「っ！　だから先輩はルインを出ていった？」

「そうだ。目的はこの黒い石片をさらに探すためだったが、それは徒労に終わった」

「…………そうですか」

疑問の一つが解けた。

旧チーム『覚醒《アウェイキン》』の解散後、なぜケイオスが遺跡都市を訪れたのか。

……先輩は、この石に記録されていた古代魔法文明の歴史を知った。

……さらに詳しく調査しようとしてたのか。

だが問題は「どんな歴史を知ったのか」だ。

自分《フェイ》に言わず、他のチームメイトに言わず。

「公表しようとは考えなかったんですか？」

「できない理由が二つあった。一つは、この石ころがもう風化し、起動しなくなったから。

誰かに話そうにも証拠がなくなったなら説得力がない。あとは俺の個人判断だな。楽し・・・話じゃない。だから俺は――」

鐘の音。

カード選択時間の終了。

「独り言はお終《しま》いだ」

まるで変わらぬケイオスの声音。

「気になってくれたなら何よりだ。俺に勝負で勝てれば続きを話そう」

「頑張りますよ」

旧チームでの先輩使徒を見据えて、フェイは頷《うなず》いた。

「俺はカードを決めました」

「俺もだ」

両者がカードの選択。

続いてコインの枚数決定。

「俺は参加料のコイン一枚に加え、あと一枚を追加します」

「上乗せ《レイズ》。フェイよ。俺は、二ターン目のお前の手が『創造主』ではないと見る。だから

コインは計三枚。どうする?」

「……勝負《コール》します」

互いにコイン三枚ずつ。

計六枚のコインが画面中央へと移動するが、重要なのはそちらではない。

真に刮目《かつもく》すべきはカード。

フェイとケイオスの手札から浮かび上がる二枚が、光輝いて——。


『第二ターン』

『勝者ケイオス。コイン譲渡によりフェイ9枚、ケイオス11枚』

『残りカード——フェイ4枚。ケイオス5枚』


コインの枚数が大きく変動。

だが敗北したフェイも、勝利したケイオスも微動だにしない。勝敗が決した瞬間から、両者は声を出す間も惜しんで思考を巡らせていたからだ。

推測しろ。

ヒントは勝敗結果と残りカード。

……俺が出したのは『罠細工士《わな》(攻撃力6)』。

……それが負けるのは『御使い《みつか》(11)』『神竜(9)』『魔神(7)』の三択。

絞りこむのは簡単だ。

なぜなら彼《ケイオス》の手札が減っていない。

バトルに勝利することで手札に戻る『御使い』で確定した。

……『神竜』を出す気はないな。

……俺が『勇者』を切るか、俺の手札に『勇者』がないと確信できるまで温存。

ケイオスの狙いはおそらく『御使い』連打。

こちらが『勇者』『魔法士』で止めに入るまで『御使い』を出し続ける。裏を返せば、使ってこいと言っているのだ。

……俺の手札に勘づきつつある。

……切り札が二枚あるのなら出すのは簡単だろ？　って。

出さないのは一枚がランダムドロップで落ちたから。自分《フェイ》の手に『勇者』『魔法士』の片方がないことを疑っている。

……『魔法士』を切るか？

……いやダメだ。それこそ次ターンで『神竜』を切られたら詰む。

神デッキには『守護獣』も残っているのだ。『魔法士』を切ったところに合わせられる最悪の可能性も常にある。

が、かといって『魔法士』を切らねば『御使い』連打に蹂躙《じゅうりん》される。

さあどうする？

「ど、どどどうしろっていうんですか⁉」

モニタールーム――

観戦画面を見上げるパールが、そこに表示されたフェイの手札を指さした。

真っ青な表情でだ。

「フェイさん絶体絶命ですよ⁉　だ、だって『御使《みつか》い』連打されたら……」

「冷静になれ！」

それを窘《たしな》めたのはネル。

「フェイ殿の手札が不利であることは疑いようがなく、その事実さえケイオス殿に見透かされるのも時間の問題だが……まだ逆転の手はある！」

「おおおっ！」

ネルの力強い言葉に、パールが思わず両手で拳を作った。

「教えてくださいネルさん！」

「教えてくれレーシェ殿！」

「めちゃくちゃ他人頼りじゃないですか⁉」

わなわなと震えるパール。奥歯を噛《か》みしめるネル。

二人の仕草こそ異なれど、その根源となる思いは間違いなく同一だ。ここからフェイが勝つにはどうすれば？　と。

「……そうねえ」

レーシェが見つめる画面は、ケイオス側の画面である。

この画面では対戦相手《フェイ》の手札は『？』『？』『？』『？』と表示されている。

「一つわかんないのよね。ミランダ、画面を切り替えてちょうだい。フェイが二ターン目に『罠《わな》細工士』を切ったところ」

ミランダ事務長にそう命じた上で、レーシェがさらに画面を操作する。

十六枚のカード一覧を再び映して。

罠細工士（6）——このカードで勝利した場合、神側の次のカードを指定できる。

攻撃力が高く、効果も強力だ。

単体ならば『守護獣』にも勝利できる上、①相手の手札を覗《のぞ》く、②相手が次に出すカードを指定できるという二つの効果がある。

「この二ターン目、ケイオスは『御使い』を出す可能性が高かったわ」

「フェイ君が『創造主』を出すという読みですね？」

「ええ。でも、同じ負けなら『治癒士』を出せば良かったのよ」

これなら負けても手札に残る。

このニターン目、フェイは失う必要のないカードを失った。

「それが不自然すぎて彼《ケイオス》も迷ってるはずよ。もしや切られたのは『罠《わな》細工士』ではなく『治癒士』の方ではないかって」

「っ⁉ なぜ『治癒士』が切られた可能性があるんです⁉」

「そういう効果だからよ」


治癒士（8）――このカードは使用後も手札に残していい。

手札から使用することで＋2の装備カードになる。


残るとは書いていない。

わざと消費することで手札を減らすことができるのだ。

「ケイオス視点で、『フェイは治癒士をあえて手札に戻さず消費させて手札を四枚にした。切ったのは罠細工士だと俺に思わせるために』――ってね」

狙いは、疑心暗鬼。

無くなったはずの罠細工士がフェイの手札に残っているのでは？ これを狙っているの

ではとケイオスは疑念を抱くだろう。

「フェイがやったのは虚勢未満《ブラフ》ね。悪手って言われかねない貴重な『罠細工士』切り。とにかく一瞬でいいから迷ってくれって行動かしら」

決死の初手『治癒士』。

悪手にすらなりえる虚勢未満《ブラフ》の二手目『罠細工士』。

では。

そこまでしたフェイの次なるカードは、いったい何になるというのか？

【第二ターン終了】

【フェイ――手札四枚、コイン9枚】

【ケイオス――手札五枚、コイン11枚】

3

『第三ターン開始』

『両プレイヤー、カードを選択してください』

画面に表示されたメッセージ。

そして手札四枚を凝視し、フェイは、対面のケイオスに悟られぬよう息を吐きだした。

ここが「欺し」の正念場。

自分《フェイ》の手札は『治癒士（8）』、『賢者（6）』、『旅人（2）』、『魔法士（1）』。

……ケイオス先輩の狙いは明らかだ。

……俺が『勇者（魔法士）』で止めに来るまで『御使《みつか》い』連打！

これは誘い。

この誘いに乗って『魔法士』を消費すれば、次ターン『神竜』を出されて終わる。だからこそ自分が信じるカードは――『旅人』。

……この『旅人』だ。

……俺にとっての真の切り札カードをここで切る。

「決めました」

カードの選定からコインの賭けへ。

「俺は参加料一枚を払って降参《フォールド》します」

「っ」

ケイオスが眼差《まなざ》しを一段と険しくした直後、降参《フォールド》による即敗北のメッセージ――

『第三ターン』

『勝者ケイオス（フェイ降参《フォールド》）。コイン譲渡によりフェイ8枚、ケイオス12枚』

『残りカード——フェイ四枚。ケイオス五枚』
・・・・・
カード変動なし。

ケイオスが出したのは『御使い』二連打で確定だろう。

その彼《ケイオス》は、自分《フェイ》のカードをどう推測する？

こちらの手札は四枚のまま。人類デッキならば『治癒士』を出して再び手札に戻したか。

『旅人』を消費して無陣営《アディショナル》カードを手にしたかの二択。

……ケイオス先輩なら見透かしている。

……俺が切ったのは『旅人』で、俺が引いたのは『名前のない子』ってことも。

ここが分岐点。

次の第四ターンで、人と神のデッキの運命が決まる。

【第三ターン終了】
【フェイ——手札四枚、コイン9枚】
【ケイオス——手札五枚、コイン11枚】

4

『第四ターン開始』

『両プレイヤー、カードを選択してください』

対戦プレイヤー（フェイ）、手札四枚。

その表示を一瞥《いちべつ》して、ケイオスは僅か数ミリだけ頷《うなず》いた。

……フェイの手札の数は変わらなかった。

……第三ターンに出したのは『治癒士』と『旅人』どちらかか。

ここから先は推測するしかないが、今回、フェイが降参を選んだのは大きな示唆《ヒント》だ。

戦うつもりがなかったのだ。

バトル前に無条件降参を選ぶことで『神竜』のバトル勝利（＝ゲームエンド）効果も回避し、次ターンにバトンを繋《つな》げる意味もある。

……つまり『旅人』と推測できる。

……強力な無陣営《アディショナル》カードを手札に加え、次ターンで俺と勝負する。

では何を引いた？

無陣営カード《アディショナル》【天地】
①名前のない子――手札にない人類デッキから一枚をコピーする。
②創造主（攻撃力99）――入手した次のターンに出さなくてはならない。
　　　　　　　　『御使い《みつか》』とのバトルのみ両敗北となる。

①は『勇者』をコピーすれば『御使い』『神竜』に勝つが、『守護獣』に負ける。
②は『御使い』と相打ちとなるが他のすべてに勝てる。ただし次ターン（＝四ターン目）に出さなくてはならない。
……明白だな。

……フェイが引いたのは十中八九、『名前のない子』だ。

一見すれば①は負けの可能性があり、②は最低でも引き分け以上が約束される。
②こそリスクの少ない選択肢に思えるが、次ターンに必ず出さねばならない縛りがある。
つまり「最低でも引き分け以上」という解釈は罠《わな》であり、現実的には「必ず引き分け」にしかならない。

ならば①を採り『御使い』『神竜』を狙い撃つ。それが正解だ。

……俺の予想とも一致する。

……フェイはランダムドロップで『勇者』と『魔法士』の片翼が落ちていた。

だからこそ――

ケイオスには、フェイの手札がほぼ見えた。

『賢者』、『治癒士か罠《わな》細工士どちらか』、『魔法士か勇者どちらか』、『名前のない子』

フェイ【手札四枚】。

この第四ターン。

この状況下でフェイが出せるカードは、ほぼ「あのカード」一択に絞られる。


「――ってケイオスは予想してるかしら」

「完璧に正解されちゃってるじゃないですか!?」

モニタールームで。

目を輝かせて解説するレーシェの隣で、パールが何度目かわからない悲鳴を上げた。

「事務長!」

「はいはい、フェイ君の画面に切り替えてだろ？」

フェイの手札は残り四枚。

『賢者』、『治癒士』、『魔法士』、『無陣営《アディショナル》カード「名前のない子」』。

つまりケイオスの読みで完全正解なのだ。

では逆にフェイ視点は、ケイオスの手札がどれだけ見えている？


ケイオス手札（フェイ視点）。

『御使《みつか》い』、『?』、『?』、『?』、『無陣営《アディショナル》カード「雷と剣」』。

ケイオス手札（正解）
『御使い』、『神竜』、『守護獣』、『聖霊』、『無陣営《アディショナル》カード「雷と剣」』。

フェイ視点は、ケイオスの手札の過半数が未知。

なぜなら第二ターンと第三ターンの『御使い』連打により、ケイオスは手の内を温存できたからだ。

「ケイオス殿は確実に三連打してくるだろう。その『御使い』を止めないと、フェイ殿に勝ち目がない……だが今ならば！」

ネルが拳を握りしめる。

その拳を机に叩《たた》きつけるがごとく下ろして。

めれば『御使《みつか》い』を止められる！」

「無陣営《アディショナル》カード『名前のない子』がある。これで『勇者』をコピーすれば『御使い』を止

神デッキの切り札『御使い』『神竜』。

この二枚を止める『勇者』『魔法士』が、遂《つい》にフェイにも揃《そろ》ったのだ。

「でもネルさん……神デッキには三枚目の切り札がありますよ。さっき話してた無陣営《アディショナル》カード『雷と剣』＋『守護獣』を出されたら勇者も魔法士も勝てないです！」

「……読みあいだ。外すしかあるまい！」

フェイ——『勇者』『魔法士』で、ケイオスの『御使い』『神竜』をどちらも止めたい。

ケイオス——『勇者』『魔法士』のどちらかを『守護獣』で潰せば勝利確定。

狙いは明確。

あとは「お前は次にコイツを出す」の読み合いで、どちらが上回るか。

ただし——

この第四ターンだけは読み合いが要らない。

互いに最善手があるからだ。

「ケイオス殿がここで戦術を変える必要がない。『御使い』三連打だ……！」

『勇者』を使ってほしいのだ。

なぜなら神デッキの理想は、どこまでいっても『神竜』での一撃勝利。

その『神竜』を止める手がフェイには二枚。

単純計算、ケイオスの手札4枚（+装備1枚）から『神竜』が出る確率は25％。フェイはそれに『勇者』『魔法士』の片方をぶつければいい。

その確率は1／2。

――では、『御使い』に勇者を使ってしまえば？

ケイオスの手札三枚にある『神竜』に、フェイが『魔法士』一枚を狙ってぶつけられる確率は1／3に減少する。

「ケイオス殿は『御使い』を捨て駒にする気で『勇者』を誘っている！……それが神側の勝率を高めるからだ。フェイ殿はそうわかっていても誘いに乗らざるを得ない。そうでないと『御使い』にこのまま蹂躙《じゅうりん》される……！」

ゆえに予定調和。

この四ターン目だけは、ケイオス『御使い』、フェイ『勇者』（魔法士）と読める。

互いの読み合いが一致する――――

そう思っていた。

モニタールームに電子端末の声が響きわたる、その時までは。

『ケイオス、カードを二枚セット』

「……は、はぁぁぁぁぁぁぁぁぁっっっ⁉」

「……まさか⁉　ケイオス殿そうくるか！」

モニターに表示された神側のカードに、パールが、ネルが、ミランダ事務長が、火山の噴火のごとく口から驚愕《きょうがく》を噴き上げた。

ただ一人静かに見守るレーシェさえ、「へえ……」と感嘆の笑みを浮かべ——

が。

真に驚愕すべきは、この直後。

『フェイ、カードを二枚セット』

「————————」

しんと静まる。

あまりの驚愕。いや驚愕を超えた理解不能の感情に、誰もが声を出せなくなったから。

意味が分からない。

頭が真っ白になった時、人は驚きの声さえ出せなくなる。

「……な、なな……なななななな………」

ふらり、と。

画面を指さすパールがその場で倒れた。

「何なんですかこのカードはぁぁぁぁぁぁぁぁあっっっっっ⁉」

　　　　　　　　　═══

パールの悲鳴とほぼ同時。

ケイオスは、自らの画面と無言で向き合っていた。

『「守護獣」をセットします』

『「雷と剣」をセットします』

画面内の二つのメッセージを一瞥《いちべつ》。

これでいい。

この第四ターンこそが運命の転換点――とフェイは思っているだろう。

……俺も同感だ。

……だからこそ欺《あざむ》ける。この第四ターンを単なる予定調和で終わらせない。

誰もが定石と考える『御使《みつか》い』三連打。

それをフェイが『勇者』で潰してターンエンド。そんな予定調和など退屈だ。フェイが『勇者』を出すのなら叩《たた》き潰《つぶ》すまで。

――守護獣で。

さらに『雷と剣』をセットし、攻撃力10。

人類デッキの最強攻撃力が８（治癒士）である以上、このターンはこちらが一兆パーセント勝つ。

……コインの全賭《オールイン》けも必ず勝てる。

……いや、それはフェイも警戒する。あえて低額賭けで『御使《みつか》い』と思わせるか？

両者カードセット。

あとはどれだけコインを積むか。ケイオスからすれば一兆パーセント勝てるターンだが、重要なのは「フェイ視点ではフェイが『勇者』で勝てると思っていること」だ。

全賭けは怪しまれる。

「俺は参加料一コインを払って――」

フェイが、手元のモニターへと指を伸ばした。

そして二度触れる。

「賭《コール》け一枚。合計二枚です」

「勝負」

やはりだ、降参《フォールド》を考えていない。

このコインが雄弁に語っている。フェイは自信を持っている。ケイオスの手は『御使い』三連打で、これに『勇者』で勝利できると。

……『魔法士』ではないな。

……『魔法士』なら引き分けだ。コインを過剰放出する必要がない。
だから場に出たのは『勇者』で確定。
『プレイヤー1ケイオス、装備カードを使用』
『プレイヤー2フェイ、装備カードを使用』
ゲーム音声に――
フェイはわずかに口元を引き締める、微《かす》かな反応。
ケイオスは微動だにしなかった。
……想定の範疇《はんちゅう》だ。
……フェイ、お前もやはり読んでいたな。俺が『守護獣』を出すかもしれないと。
フェイは保険を掛けていた。
こちらの『御使い』三連打の流れを逆手に取り、自分《ケイオス》が『守護獣』を出した場合。
その万が一に備え、『治癒士』を装備カードとして使用。
勇者（4）＋治癒士装備（＋2）＝6。
守護獣（5）の攻撃力を上回る。
だがこちらは、さらにその対策で無陣営《アディショナル》カード『雷と剣』を切っていた。

「フェイ。お前は、お前にできる最良の選択をした」

互いの電子端末を挟み――

ケイオスが発したのは、紛《まぎ》れもない労《ねぎら》いの言葉だった。

こちらが『御使《みつか》い』ではなく『守護獣』を出すと察し、それを倒すために『治癒士』を装備カードとして使用する。

読み合いは互角だった。

勝負を分けたのは第一ターン。初手『ミィプ』で無陣営《アディショナル》カード『雷と剣』を引いていたことがこの結果を生んだのだ。

『第四ターン』

『勝者ケイオス。コイン譲渡によりフェイ6枚、ケイオス14枚』

勝・・・った。

その判定に、ケイオスは鉄面皮を崩さぬまま心中胸をなで下ろしていた。

……俺のコインは14枚。

……延長に突入したとして、全ターン降参《フォールド》で過半数の11枚が残って勝利となる。

『残りカード――フェイ三枚。ケイオス三枚』
『EXターン《エクストラ》発生。両者のカード残数により、七ターンまで勝負が延長されます』
EXターン《エクストラ》発生も予想の範疇《はんちゅう》。
だがこちらはフェイの手札を把握できている。
……フェイの手札は四枚だった。
……このターンで『勇者』と『治癒士』を使用し、また『治癒士』を手札に戻した。
これで辻褄《つじつま》があう。
内訳は、こうだ。

フェイ――　『魔法士（1）』『賢者（6）』『治癒士（8）』。

対して自分《ケイオス》は『聖霊（4）』『神竜（9）』『御使い（11）』。
……ただし。ほんの一パーセントほど、まだフェイにも勝機がある。
……今の第四ターンで『勇者』を使っていない場合だ。
フェイの出したカードは二枚。
それが『魔法士』＋『治癒士』だとしたら、まだ『勇者』が手札にある。

あの躊躇《ちゅうちょ》なきコイン二枚賭けが匂う。『勇者』を出させたと自分《ケイオス》に錯覚させるための捨て駒だとしたら？

……俺が降参《フォールド》して逃げに徹するとして。

……フェイに勇者が残っている場合にかぎり逃げ切れない……！

勇者は二つの効果を持つ。

勇者（4）――神との戦闘時に＋99。
――このターンの取得コインが三倍になる。

コインは自分《ケイオス》が14枚。フェイが6枚。
もしも『勇者』が残っていた場合――
第五ターン：ケイオス降参により13枚、フェイ7枚。
第六ターン：ケイオス降参による12枚、フェイ8枚。
第七ターン：ケイオス降参により11枚、フェイ13枚。（『勇者』効果で6枚取得）
……最終ターンで逆転される。

……フェイが『勇者』を持っていればの話で、可能性は限りなく低いはずだが。
フェイならばやるだろう。

こういう極限の攻め合いでこそ逆転トリックを仕掛けてくる。そういう男だ。
残り三ターン、『勇者』はあると思って臨むべきだ。

【第四ターン終了】
【フェイ――手札三枚、コイン6枚】
【ケイオス――手札三枚、コイン14枚】

『第五ターン開始』
『両プレイヤー、カードを選択してください』
五度目のメッセージ。
流れる機会音声を、ケイオスはもはや耳で認識さえしていなかった。その暇はない。
――フェイが『勇者』を温存した可能性。
自分のただ一つの負け筋をどう潰すか。その一点に全思考を傾ける。
裏を返せば……
自分《ケイオス》が『勇者』を想定してプレイすれば勝利は揺るがない。
「決めた」
画面の左端にあるカードに触れる。

この第五ターン。ケイオスが選んだのは『聖霊（4）』。ここまで温存していたカードが、ここで生きる。

聖霊（4）――このカードが敗北した場合、人類デッキから一枚の名を指定する。それが手札にあれば捨てさせる。

勇者を除外する。

フェイの手札に残っているなら、戦う前に捨てさせればいいだけのこと。

『両者カードセット。コインの賭けを』

「俺は降参《フォールド》だ」

ここはリスクを避ける。

わざと負けることで『聖霊』の効果を確実に発動させる、その狙いも兼ねて――

「いいや先輩」

沈黙は突然に破られた。

「コインをあと二枚賭けてもらう」

「……『賢者』か！」

賢者（6）――コイン2枚以上の上掛けを強要できる。

画面内で、自分《ケイオス》のコインが強制的に積まれていく。

参加料一枚に加えてさらに二枚のコインが追加。ケイオス三枚フェイ三枚、合計六枚のコインが画面の中央に高々と積み上がる。

……なるほど、良いタイミングだ。

……『勇者』が残っているのではという俺の懸念が読まれたか。

カード判定へ。

とはいえフェイのカードが賢者（6）なら、自分《ケイオス》の聖霊（4）は絶対勝てない。

『勝者フェイ』

『コイン獲得によりフェイ9枚、ケイオス11枚』

『残りカード――フェイ二枚。ケイオス二枚』

コイン総枚数の差が一気に縮まった。

高々と積まれたコインがフェイへと移動していく。だがそれを見下ろす傍《かたわ》ら、ケイオスは自身の勝利を理解していた。

……コインの総枚数？

……そんなものは残り二ターンでどうとでもなる。

コインで逆転されることなど想定済み。

それを覚悟で『聖霊』を切ったのだから。

「俺の『聖霊』の効果発動。フェイ、俺が宣言するカードが手札にあれば捨ててもらう。

指定するのは『勇者』だ」

「────」

フェイは無言。

それに代わり、画面にメッセージが飛びだした。

『聖霊の効果、ミス』

勇者はなかった。

……俺の考えすぎか？　いや、もとより念のためだ。

……これでフェイの手札は『魔法士（1）』『治癒士（8）』で確定した。

自分《ケイオス》の手札は『神竜（9）』『御使《みつか》い（11）』。

となれば第六、第七ターンの組み合わせは四つ（正確には五つ）しかない。
①第六ターン『魔法士』×『神竜』　第七ターン『治癒士』×『御使い』

②第六ターン『魔法士』×『御使い』第七ターン『治癒士』×『神竜』
③第六ターン『治癒士』×『神竜』→神竜により即ゲームエンド
④第六ターン『治癒士』×『御使い』第七ターン『魔法士』×『神竜』（御使い可）

このうち②、③は神竜による一撃勝利。
コインの総数で決まるのが①、④。そのどちらも「一勝一引き分け」となることから、
・・・・・・・・・・・
ケイオスの勝利が確定した。

【第五ターン終了】
【フェイ――手札二枚、コイン9枚】
【ケイオス――手札二枚、コイン11枚】

5

『第六ターン開始』
『両プレイヤー、カードを選択してください』
そのメッセージはもはや聞こえていなかった。

フェイが瞬《まばた》きも惜しんで見つめているのは、自らの手札二枚。

「…………」

トクントクン、と打ち続ける心臓の鼓動。

彼《ケイオス》の手札から『聖霊』が切られ、『勇者』が指定された瞬間——それはフェイにとって息が詰まるほどの重圧だった。

どこまで読まれている？

この第六ターンに至るまで、自分《フェイ》は入念に、慎重に、何重にも絡み合った作戦《トリック》を組み立ててきた。

……その九割は読まれてるだろうな。

……残り一割。俺の作戦のすべては第四ターンに懸かってる。

だからこそゾッと寒気を感じた。

今この瞬間、ケイオスが『聖霊』の効果で指定したのが『勇者』だったことに。

……第四ターンを疑ってる。

……俺が『勇者』を切ったフリして温存する作戦に気づき、俺の思考を追跡してきた。

絶対に勝利を焦《あせ》らない。

旧チーム『覚醒《アウエイキン》』リーダーのケイオスは、そういう男だ。

石橋を叩《たた》いて渡るどころではない。

石橋を渡る前に人間サイズの石を転がして強度を確かめた挙げ句、それでも満足できずに橋をコンクリートで補強し、さらに命綱をつけて渡る男だ。

事実、ケイオスの直感は「半分」的中していた。

では残る半分が何かという前に、フェイ自身が絶対に当てねばならない二択がある。

ケイオスの手札——『御使《みつか》い(11)』、『???』

『???』の正体は『神竜』か『魔神』。

これはもう『神竜』と思った方がいい。第二、第三ターンでの迷いなき『御使い』連打が物語っている。俺には真の切り札があると。

……残る第六ターン、第七ターン。

……このどっちかで先輩は必ず『神竜』を出してくる。

自分《フェイ》には対抗策が一枚きり。

この二択を外せば即ゲーム終了。だから、これが最終最大の完全二択だ。

第六《いま》か？　第七《つぎ》か？

ケイオスが『神竜』を出すのはどちらだ。

……思いだせ。この本部で出会ってからここまでの言動すべて。

……俺の目の前にいるのはケイオス先輩だ！
彼は変わっていない。一年前にルイン支部を去っていった時のまま。
だから——

「俺は、決めました」
淀《よど》んだ空気を吐きだして、フェイは電子端末に指を伸ばした。

「先輩、第六ターンで出すカードを決めてください」

もちろんだ。
ケイオスから見れば、勝敗は既に決している。
互いに手札は二枚。残る第六、七ターンの組み合わせは全4パターン（5パターン）。
その全パターンで自分《ケイオス》が勝つ。
……俺の手札は『神竜』『御使《みつか》い』。
……いっそ目を瞑《つぶ》って適当にカードを出しても、一兆パーセント俺が勝つ。
そう確信しながら。
ケイオスは、自身の指先がわずかに冷たくなっていることを悟っていた。

緊張――

まだ終わっていない。手札とコイン枚数どちらも勝利を示している状況で、自分はまだ心のどこかでそれを信じ切れないらしい。

……そうだろうフェイ。

……お前なら何かやるだろう。俺はそれを見たいんだ。

信頼がある。

フェイ・テオ・フィルスという新入り《ルーキー》が、チーム『覚醒《アウェイキン》』に入った時から一年前まで、誰より近くでこの少年を見てきたのは自分だという自負がある。

「――そうだな。俺もこれで決定だ」

最後の選択。

一撃必殺の『神竜』を出すのは第六《いま》か第七《つぎ》か。ここまで『神竜』は一切見せていない。そもそもフェイは、こちらの手札にコレがあることさえ確信できていない。

だからこそ、ここで切る。

……今まで十分すぎるほど印象づけてきた。

……俺ならば『神竜』を最終ターンに回すだろうと。

それを裏切る。

第一ターンから第五ターンまでの過程《すべて》は、この第六ターンのための虚偽《ブラフ》。

『両者カードセット』

「では俺は、参加料一枚に加えてコインを一枚賭ける」

「勝負《コール》」

対戦相手フェイの応答は、ケイオスが我が耳を疑いかけたほどに早かった。

即勝負《コール》？　コインの総枚数で勝つことを放棄した？
・・違う。
そう確信できたのはフェイの眼差《まなざ》しだ。

こちらを見ていない。凝視しているのはモニター。かじり付くがごとき形相と集中力で、審判を待っている。


『第六ターン』

『引き分け《ドロー》。コインが場に4枚残り、フェイ7枚、ケイオス9枚』

『残りカード——フェイ1枚。ケイオス1枚』

「っ、引き分け《ドロー》か！」

軽い衝撃だ。

ケイオスには第七ターンの勝負が見えている。自分が『御使《みつか》い』でフェイの『治癒士』

を破り、先ほど場に残った4枚を含めコインの過半数を得る。

ゲームの勝者は確定している。

だが――

それでもケイオスが画面を二度見したのは、この第六ターンで出した『神竜』にフェイが見事に『魔法士』をぶつけてきたことだ。

……俺は第二ターンからずっと『御使い』連打を匂わせてきた。

『神竜』の気配は悟らせなかったはずだ。

最終ターンを『神竜』で飾る気か？

そう印象づける流れを醸成してきた。それをここで見破る嗅覚は見事というほかない。

「フェイ、お互い残り一枚だ」

「ええ。カード選択の時間は無くていい。俺はこのカードで戦う」

「……そうだな」

これ以上ないほど明解な決着になるだろう。

両者カードは一枚のみ。

最後に残ったカードで戦い、その勝者が過半数のコインを得て勝利する。


【第六ターン終了】

【フェイ——手札一枚、コイン7枚】
【ケイオス——手札一枚、コイン9枚】

『最終ターンへ移行』
『両プレイヤー、カードを選択してください』

自分《ケイオス》の手札は『御使《みつか》い（11）』。
ここまで二度出して全勝。人類・神双方のデッキにて最強の攻撃力を誇る。
一方のフェイは『治癒士（8）』。
人類デッキ最強の攻撃力を誇るが、神デッキの上位カードには及ばない。
……推測さえ必要ない。
……ここまでフェイが『治癒士』を駆使してきたのは、ただの事実だ。
フェイの手札は確定している。
ゆえにこの戦いは、『御使い』を残した神側の勝利で確定したのだ。

『両者カードセット』
『コイン賭《ベット》けスキップにつき、即座にカード開示を行います』

……いわば人類と神の力の縮図だな。

……人類陣営の最強カードは、神陣営の最強カードに遠く及ばない。

ケイオスが見つめる画面で――

人類と神。

二つの陣営に残った最後の一枚同士が、画面中央で激しく衝突。最後の戦いにふさわしき極彩色の光を撒《ま》き散《ち》らす。

決着だ。

無言で見守るケイオスへ、機械音声が高らかにこう宣言し――

『勝者フェイ』

『最終ターン終了、ゲーム勝者はフェイ！』

「……何っ⁉」

すべてがひっくり返った。

ケイオスの予想も、コインの行方《ゆくえ》も、勝敗も。

ありえない。いっそ何かの間違いではあるまいか？　聞き間違いでは？

それとも審判をくだす機械の故障か？

だがケイオスが画面を見直す間にも、場のコインすべてがフェイへと移っていく。

……どういうことだ。

……何が起きた？

自分《ケイオス》が出したのは『御使《みつか》い』だ。人類デッキのある一枚を除き、すべてのカードを蹴散らす攻撃力をほこる。勇者以外のすべてに。

……だが負けた。

……フェイが出したのは『勇者』だったというのか！

そんなわけがない。

手札に残っているわけがないのだ。なぜなら第三、第四ターンで――

第三ターン――フェイの手札が増えたことから『旅人』を出したと推測される。

　そこから『名前のない子』を拾ったのは確実。

（『創造主』を拾っていれば第四ターンで『守護獣』が負けていた）

第四ターン――フェイが手札を二枚使用。

　ここから『治癒士』を装備カードとして使用したことも確定。

　＝『名前のない子（勇者）』で『守護獣』を破るための戦術ともわかる。

この第四ターン、フェイは『勇者』を使った可能性が極めて高い。

さらには万が一に考えられる『勇者』温存を警戒し、第六ターンで『聖霊』の手札破壊を使って『勇者』の有無も確かめた。

……第六ターンは『勇者』がなかった。

……第七ターンで『勇者』が突如発生した？　そんなことがあるわけが…………

「っ！」

ある！

ケイオスの脳裏にたった一つ浮かんだ可能性、それは――

「『名前のない子』を残していたのか⁉」

聖霊による手札破壊《ディスカード》の対象はあくまで『勇者』。フェイの手札に『名前のない子』があれば、それは察知を免《まぬか》れる。

最終ターンで『名前のない子（勇者）』を出し、『御使い』を破った。

それ以外に『御使い』が敗れることがない。

……いや、ありえない！

……フェイは第四ターンで『名前のない子（勇者）』を使ったはずだ！

その根拠は残り手札。

第四ターン当時、フェイの手札四枚はこうなっていた。
賢　者――第五ターンで消費した（＝第四ターンでは未使用）
魔法士――第六ターンで消費した（＝第四ターンでは未使用）
治癒士――装備カードとして使用
無陣営《アディショナル》カード「名前のない子」＝このカードしか第四ターンで使うものがない

やはりそうだ。

何度考えても、第四ターンでフェイは『名前のない子』以外に出すものがない。

最終ターンに温存できているわけが――

「いやぁ！　もうドキドキでした！」

「うむ、第四ターンの仕掛けもだが、第六ターンの完全二択には私も手が汗ばんだ」

「ねね！　これわたしも遊びたいわ！」

勢いよく扉が開いた。

ケイオスが反射的に見やった先で、三人の少女たちが興奮を隠しきれずに入室してくる。

続いて、意味深に腕組みしたミランダ事務長も。

「惜しかったねケイオス君。紙一重だったよ、何度もね」

椅子を回転させて振り返る。

「……事務長」

「その言いぶりだと、最終ターンで何が起きたか把握しているらしいな」

「そりゃこっちは観戦モードで見てたからね、二人の手札を見ながらワーキャーしてたよ。ま……それでも第四ターンの攻防は二度見しちゃったけど」

やはり。

自分《ケイオス》の嗅覚は間違っていなかった。この第四ターンが何か匂うと感じていたが。

「……答え合わせがしたい」

こちらを見つめる女性陣を見上げ、ケイオスはふっと吐息をこぼした。

この戦いを見守っていた観戦者たちへ。

「最終ターン、『御使《みつか》い』が敗れたなら『勇者』以外にありえない。これは俺の推測だが、フェイの初期手札に『勇者』は無かった。ランダムドロップで落ちたと見るが？」

「その通りだケイオス殿」

黒髪の少女ネルが、凜々《りり》しい眼差《まなざ》しで頷《うなず》いた。

「フェイ殿の手札には『勇者』がなかった。最終ターンは『名前のない子』がコピーしたものだ」

「なおさら不可解だな」

ネルを見上げる傍《かたわ》らで、ケイオスは自分側の電子端末をさっと見やった。

『名前のない子』は第四ターンに使ったはず。最終ターンまでの攻防から逆算するなら、フェイはそれ以外に切れるカードがない」

「あ！　そこです！」

金髪の少女パールが、電子端末の画面を指さした。

「あたしたちも観戦してて驚いたんです！　第四ターン、あそこで『御使《みつか》い』三連打だと思っていたケイオスさんが、まさか『守護獣』を出すなんて。フェイさんが『名前のない子』を出すだろうって読み切った凄《すご》いプレイイングでした！」

「俺の読みは合っていたと？」

「は、はい！　フェイさんは『名前のない子』を出しました！」

やはりそうだ。

観戦者視点からも、自分《ケイオス》の読みと選択は正しかった。

……フェイは第四ターンで『名前のない子（勇者）』を出した。

……だが最終ターン、『名前のない子（勇者）』がもう一枚あっただと？

そんな事はありえない。

『名前のない子』が二枚という事態がない限り、そんなのはチートじみた現象だ。

だがこれは『旅人』使用時のみ手に入る無陣営《アディショナル》カード。つまりは『旅人』が二枚ないと――

否《いな》。

翻《ひるがえ》って、『旅人』が二枚あれば実現できる。

「っ！　まさか……第四ターンで『名前のない子』がコピーしたのは『勇者』ではない！

『旅人』をコピーしていたのか！」

【フェイの行動（ケイオス予想）】

第四ターン――『名前のない子』で『勇者』をコピー。（このターンで消費）

さらに『治癒士』を装備カードにして、使用後にまた手札に戻した。

（残りは『賢者』『魔法士』『治癒士』）

【フェイの行動（現実）】

第四ターン――『名前のない子』で『旅人』をコピー。

その『旅人』効果で再び『名前のない子』を入手。（カード一枚増）

さらに『治癒士』を装備カードとして使い、使用後にわざと捨てた。

（残りは『賢者』『魔法士』『名前のない子（勇者）』

……無限に使える『治癒士』をあえて捨てたのか！

……『名前のない子』を再入手した分の手札増加をごまかすために！

第四ターン終了時にフェイの手札が四枚だったなら、自分は『名前のない子（旅人）』の戦術を見破っていただろう。

その差し引きを合わせるために、フェイは『治癒士』をあえて捨てたのだ。

「……そうか」

ケイオスは理解した。

第四ターンの読み合いで、一つ上回られたのだ。

①【ケイオス視点】
第四ターンで『御使《みつか》い』三連打と思わせるよう誘導できた。

それをフェイが『勇者』で止めてくるなら『守護獣』を出せばいい。

↓
②【フェイ視点】
第四ターン、ケイオス先輩は『神竜』『御使い』『守護獣（5）』のどれかを出す。

全選択肢に対応できるのが『勇者（魔法士）』である以上、神デッキはその対策で、『守護獣』で迎撃するのが最善手。

ならば『治癒士』を装備カードとして使って『勇者』の攻撃力を底上げする。

↓

③【ケイオス視点】
フェイならば自分が『守護獣』を出すと察知するだろう。

考えられるのは『治癒士』の装備カード強化だが、ならばこちらも『雷と剣』で『守護獣』を強化する。

↓

④【フェイ視点】
――という過程のすべてが虚偽《ブラフ》。

『治癒士』を装備カードに使った真の目的は『勇者』を強化するためではなく、『名前のない子（旅人）』↓『名前のない子』を再入手した際のカード一枚増を相殺するためのカード無駄遣いのため。

（＝フェイは『治癒士』を手札に戻さず捨てて、代わりに『名前のない子』入手）

（＝ケイオス視点では『治癒士』が手札に戻ったように映る）


「ケイオス君もさすがの嗅覚だったけどねぇ」

声を弾ませるミランダ事務長。

「第四ターンでフェイ君が『勇者（名前のない子）』を使ったと確信しながら……なのに第五ターン、そこに違和感を持って『聖霊』で『勇者』を確認した時は驚いたよ」

「……同じく」

控えめに手を挙げたのは、今までじっと話に傾注していたフェイだった。

ホッとしたような微苦笑で。

「あの場面、ケイオス先輩が聖霊で『勇者』じゃなく『名前のない子』を宣言してたら俺の負けでした。第六ターンも完全に五十パーセントの運試しだったし」

「どうだかな」

電子端末の電源を切る。

モニターがぷつりと暗くなるのを横目に、ケイオスは椅子から立ち上がった。

「見たかったものが見れた。ひとまず満足だ」

「え？」

「約束の話をしよう。おそらくは、お前たちが本部にやってきた動機とも繋《つな》がるだろう。

……が、その前に」

「コーヒーなら買っておいたよ」

ミランダ事務長が、上着のポケットから取りだしたコーヒー缶を放り投げる。

「微糖ミルク入りで缶は熱い。だろ？」

「さすがだ事務長」

火傷《やけど》しそうになるくらい温められた缶を掴《つか》む。

熱すぎてすぐには飲めそうにない。その缶を軽く手に握りながら——

「フェイ、この缶を温めた力は何だ？」

「……？　力って……電気とか科学とか、そういう答えですか？」

「悪くない。現代文明は電気に支えられている。だが古代魔法文明なら、この缶コーヒーを温めるのは魔法だっただろうな。二つの文明は大きく違う」

缶を宙へと放り投げる。

その缶がくるくると宙を躍って回転するのを見上げて、ケイオスは言葉を続けた。

「過去と現代。この二つの文明を繋《つな》ぐ忘れられた《ミッシング・リンク》歴史について、話をしよう」

Chapter

Player.5　笑えない話を楽しく話そう　―半神半人《ヘケトマリア》―

God's Game We Play

1

神秘法院本部、プレイルーム。

ゲーム用テーブルが整然と並べられた部屋で――

「フェイ」

椅子から立ち上がったケイオスが、缶コーヒーを放り投げてきた。

つい先ほどミランダ事務長が彼《ケイオス》に渡したものを。

「くれてやる」

「え？　でも珈琲《コーヒー》は先輩が好きだからって……ほらわざわざ微糖入りで」

「実は最近気づいたんだが、俺は微糖入りコーヒーが好きなわけじゃなく、甘い飲み物が好きなだけだったらしい」

「今さら過ぎる!?」

「――さっきの遊戯中、余興を兼ねて話したことを覚えているな？」

その言葉《といかけ》に。

フェイにとっての心当たりは一つだけ。第二ゲームの幕間《まくあい》だ。

〝俺は、古代魔法文明が衰退に至った経緯を知った〟

ただし、ケイオス自身の言葉を借りるなら――

これは楽しい話ではない。

「先ほど俺は魔法と言ったが、正確には神々から授けられた『神呪《アライズ》』だ。とはいえ現在でも魔法士という呼び方があるとおり、この力を魔法という端的な言葉で表すことに俺は不服もない」

ケイオスが上着のポケットに手を収めた。

部屋の壁まで歩き、そこに寄りかかるように背中を預けて。

「古代魔法文明を支えたのは神呪《アライズ》だ。現代のように科学が発達していないわけだから、神《アラ》呪《イズ》への依存度は現代など比べものにならなかっただろうな」

この神話都市が浮いているのもそう。

三千年前は、今よりもはるかに大規模な「魔法」が存在していたという。

「これは俺の空想だが、神呪《アライズ》を使える者の数も現代以上に多かった。……が、人間だからこそ起きうることがある。いつの時代、どこの国でも――」

「人間《だれも》が、神呪《ちから》を楽しく使うとは限らない。……かい？」

その場の誰もが振り返った。

独り言のように発したミランダ事務長へ。

「ん？　まあ、酸《す》いも甘いもかみ分けてきた大人の勘だよ。勘」

当の本人はあっけらかんとした微苦笑で。

「神さまから与えられた神呪《アライズ》を私欲のために使う。現代だってあるわけだし、古代魔法文明も当然あっただろうなってさ」

「……そう。端的に言えばそれが全てだ」

ケイオスが懐からICカードを取りだした。

そこに収まったデータは、神秘法院の支部ごとにまとめられた使徒目録《チームリスト》。

たとえばフェイたちの名前、神々の遊びの勝敗数、そして神呪《アライズ》の詳細など。神秘法院に所属する者なら誰もが閲覧することができる。

「パール・ダイアモンド」

「は、はいっ⁉」

「お前の神呪《アライズ》は空間転移《テレポート》だったな。それを私欲に使ったことはないか？」

「あ、ありませんよ!?」

パールが慌てて首を振った。

天井を見上げ、一点の曇りもない凜々《りり》しいまなざしで――

「清く正しく可愛《かわい》らしく！　あたしはいついかなる時も、神々から授かった神呪《アライズ》を大切にしているのです。私欲や悪事に使ったことなど一度もありません！」

「本当に？」

「ええ！」

「そうか。ではお前たちが花宴都市《エアルリス》にいた時、入浴禁止の深夜にこっそりと自分の部屋と浴場を空間転移《テレポート》で繋《つな》げ、夜風呂を満喫していた事実もないわけだな？」

ピシリッ。

胸に手をあてて宣誓の構えをとっていたパールが、そのままの格好で凍りついた。

「俺の調べによれば、偶然にも花宴都市《エアルリス》の監視カメラに映っていたようだが」

「ごめんなさいぃぃい！　あまりに温泉が気持ちよすぎてっっ!?」

たちまち土下座するパール。

そんなパールを見下ろして溜息《ためいき》をつくのがレーシェとネルだが、ケイオスはそんな二人に向かっても呼びかけた。

「ネル・レックレス」

「何だケイオス殿」

「お前はどうだ。超人型の神呪《アライズ》は荒事への転用も容易《たやす》い。お前の神呪《アライズ》『モーメント反転』で社会に迷惑をかけたことはないか？」

「無い！」

ネルが胸に手をあてて吼《ほ》えた。

それは奇《く》しくも、直前のパールとまったく同じ格好で。

「このネル・レックレス。神々から授かった神呪《アライズ》を悪《あ》しき行いに使ったことなど生涯一度としてない！　このパールとは違う！」

「そうか」

「そうとも！」

「……では、フェイが聖泉都市マル＝ラを訪れた日。道の真ん中で土下座して車を通行止めにした挙げ句、走ってきたトラックを蹴り返して横転させたことは俺の記憶違いだったようだな」

ピシリッ。

次は、ネルが凍りつく番だった。

〝トラックが蹴り返されて、勢いよく壁に激突〟

〝あ、ああしまった⁉　つい反射的に……だ、大丈夫ですか運転手さん！〟

「……あ、あの……その……ケイオス殿……あれは不可抗力で……？」

「まったく。二人とも力を正しく使ってほしいわね」

レーシェが肩をすくめて呆《あき》れ笑い。

なお、ミランダ事務長がその後ろで「いや一番ひどいのがレオレーシェ様ですが……」と呟《つぶや》いていたりするのだが、レーシェ本人はいたって真顔である。

「──と、こんなのは可愛《かわい》い方だ」

黒い石片。

その破片を摘《つま》み上《あ》げたケイオスが、それを拳の中で握りしめる。

「神呪《アライズ》は、神々がヒトと遊ぶために授けたもの。が……やがて神に選ばれた力という名目で神呪《アライズ》を悪用し始める者が現れた。それを皮切りに、犯罪に利用する者や争いに使う者が現れ、悪用は徐々に過激化していった」

「抑止力《ストッパー》がなかったんだね、古代魔法文明の時代には」

ミランダ事務長が重々しく溜息《ためいき》。

「現代にもそういう輩《やから》がいないわけじゃない。ただ圧倒的に少ないよ。自画自賛を承知でいうけど、神秘協会が適切な力の使い方を啓蒙してきたからね」

「……そうだな。かといって古代の何が決定的に悪かったのかは俺もわからない」

　ケイオスが、握りしめた黒の石片を放り投げた。

　部屋の隅のゴミ箱めがけて。

「とはいえ神呪《アライズ》の悪用に歯止めがかからず、古代魔法文明は破滅の道を転がり落ちていった。決定的だったのは、神呪《アライズ》が都市と都市の抗争に利用され始めたことだ。人を傷つける道具にな」

「……なるほど。だから楽しい話ではないと」

　ネルが苦々しく唇を噛《か》みしめる。

「我々も対岸の火事じゃない。歴史を繰り返さぬための教訓だな……」

「それだ・・・」

「え？」

「ネルとやら、その言葉をよく覚えておくんだな」

　そう告げるケイオスの視線の先には――

　元神さまの少女レーシェがいた。

「どう思う」

「んー……それは元神としての感想かしら？」

　光を放つような赤髪の毛先を、レーシェがクルクルと指先に巻いていく。

　そして珍しくも宙を見上げて黙考。

「……勿体《もったい》ない。かしら」

「その心は？」

「人間が何しようが神は文句言わないわ。でも何で争うんだろうって不思議には思うかも。人間同士で争って傷つけ合うより、神々と遊ぶ方が楽しいじゃないか――って」

「神らしい発想だ」

　ケイオスの乾いた苦笑い。

「三千年前の神々も似た心境だっただろうな。『悲しい』という表現が適切かはさておき、人間世界の乱世を、神々が憂えたのは事実だ」

「……あのぉケイオスさん？」

　恐る恐るパールが小さく手を挙げた。

　ケイオスの横顔を見上げて。

「神さまが『喧嘩《けんか》はやめろ』って仲裁することはできなかったんでしょうか。だって全能ですよね。争う都市に言うことを聞かせるくらいは――」

「全能だからやらないのよ」

　応じたのはレーシェだった。

「暗黙のルールみたいなものね。神々は全知全能すぎるがゆえに、人間に干渉しないのよ。

だってそれは支配でしょ？」

思うさま人間を支配する力がある。

だから神は介入できないのだ。霊的上位世界《エレメンツ》から傍観し、人知れず悲しむだけ。

「……しかし、最も悲しんだのは神々ではなかった」

ぼそりと。

そう口にしたケイオスが手を伸ばした。

ぼろぼろに擦《す》りきれた本。先ほどの『人神決戦《ラグナリーグ》』のカードが収められていた収納箱で、
彼曰《ケイオスいわ》く、古代魔法文明の遺物の一つ。

「三千年前にも遊戯を心から愛する少女がいた。みんなで遊んでいれば平和じゃないかと、本気でそう訴え続けていた。神呪《アライズ》が争いに用いられるのをどうにかして止めたかったんだろうな」

遊戯『人神決戦《ラグナリーグ》』のカードを、その本へと収めて。

その箱を、ケイオスがこちらに突きだしてきた。受け取れ――と。

「お前みたいな奴《やつ》だと思ったよ」

「……俺ですか？」

「お前がその時代にいたら、どうせ似たようなこと言っていただろう？」

「………………」

無言で箱を預かる。

正直、そこまでは自分《フェイ》にもわからない。

もしも自分がその時代に生きていたらと考えるには、古代魔法文明はあまりにも歴史が離れすぎている。

「……ケイオス先輩、その少女はどうしたんですか」

「彼女は何も変えられなかった。激しさを増していく都市間の抗争は、一人で止めるにはあまりに規模が大きすぎたからな。だから――」

ケイオスが口をつぐむ。

一瞬の沈黙を挟んで、彼が続けた言葉は。

「彼女は、死に物狂いで『神々の遊び』で十勝した」

「っ！　待てケイオス殿!?」

「十勝って、それ完全攻略《クリア》って事じゃないですか！」

ネルとパールが、互いの額がくっつきそうなほどの距離で顔を見合わせる。

傍観していたミランダ事務長も今ばかりは驚きを隠せない。半開きにした口を閉じることさえままならない状況だ。

もちろん自分も、耳を疑った。

……『神々の遊び《フェイ》』は人類達成者ゼロの超難問。

……いや。だけど「達成者ゼロ」は、そもそも記録が残っている範疇《はんちゅう》での話だ。

記録がないほどの昔なら。

失われた三千年前——古代魔法文明の時代に完全攻略者が一人だけいたというのは、決して矛盾する話ではない。

「ケイオス殿！　一応聞くがそれは確かだな？　先ほどのような嘘《うそ》では……」

「間違いない。本人から聞いたからな」

「……え？」

ネルがきょとんと瞬《まばた》き。

本人から聞いた？

三千年前の誰も知らない偉業。あの黒い記録石に残されているならともかく、「聞いた」とはどういう意味だろう。

「神々の遊びを完全攻略《クリア》した者には『ご褒美』がある。彼女が望んだ願いは『自らが神になること』だった」

「っ⁉」

ネルの口から、声にならない驚愕《きょうがく》が漏れる。

パールや事務長も同じだ。

だがフェイは——その瞬間すべての点と点がつながった。思えばそうだ。神々の遊びにおける神の栄光《セレブレイション》が「神になる」ことだと無限神《ウロボロス》に聞かされていた。

が、違和感があったのだ。

……「神になる」なんてご褒美。

……あまりに人間臭い願望だと思ったんだ。神々が思いつく類《たぐい》じゃないって。

そこに合点がいった。

そう決定づけた人間が過去にいたのだ。神の栄光《セレブレイション》＝「神になる」ことだと、三千年前の少女が、そう願ったことで決まったに違いない。

だとしたら——

いったい何を思い、少女は神になったのか。

「神になった彼女は初期化《リセット》した」

初期化《リセット》？

それは何を意味する？

「彼女は神の力すべてを使い果たすことと引き換えで、人類の記憶を初期化《リセット》した。神々の遊びも神呪《アライズ》も忘れさせた。これで神呪《アライズ》を使った争いは止まった」

「はいぃぃっぃぃっ!?」

「な、何だそのバカげた規模は!?　い、いや神の力なら不思議ではないが……」

「……突拍子のない事するねぇ。実に人間臭い発想だよ」

唖然《あぜん》となるパールとネルの横で。

ミランダ事務長は、どこか達観したような呆《あき》れ笑いだ。

「誰だって一度は考えるもんだよね。世界最高の権力者になって世界を思うさま変えてみたいって。その女の子はまさにソレを願ったわけだ。神の力を手に入れて世界を変える。事情が事情だけど……しかしケイオス君？」

唐突に歩きだすミランダ事務長。

部屋の隅。事務長がゴミ箱に手を突っ込んで取りだしたのは、先ほどケイオスが放り投げた記録石だ。

「だから古代魔法文明は忽然《こつぜん》と消えた……まあ細かい歴史の辻褄《つじつま》合わせも気になるけど、それは二の次だ。今の話……その女の子がしたのは人間世界への大きな干渉だ。神さまは、人間に干渉しないって暗黙の掟《おきて》は？」

「完全な神ならな」

ケイオスが頷《うなず》く。

まさにその質問を待っていたとでも言わんばかりにだ。

「人間から成った半神半人であるがゆえに、彼女だけはソレができた」

「……その彼女って」

「もうわかっているだろう」

事務長にではない。

その答えが自分に宛てられたものだと、フェイは直感的に理解できた。

「神となった少女の名はヘケトマリア。現在はヘレネイアという名だがな」

答え合わせ。

あまりに突拍子もない話のはずなのに。この場の誰一人として異論を挟むことはなかった。恐らくは、誰もが薄々感じていたに違いない。

……今までの疑問の隙間がピタリと埋まっていく。

……完璧で精巧なパズルみたいにだ。

嘘《うそ》ではあるまい。

フェイ自身、一言たりとも疑うつもりはない。

「もうわかってるだろうが、ついでに明言しておくとしよう」

ケイオスの目線が事務長へ。

「彼女のチーム『すべての魂の集いし聖座《マインド・オーヴァー・マター》』の正体は、四人全員が神だ。正確には神の精神体《スピリチュアル》が三体だがな」

「……でもケイオス君、本部の人間は誰一人気づいてないんだろ？　あれだけの変わり者の集まりなのにかい？」

「そこは神の力だ。軽い認識阻害をかけているらしい」

「なるほどね、じゃあ別の疑問だけど」

ミランダ事務長が眉間に皺《しわ》を寄せて。

「ヘレネイア嬢は神さまになった。神の力を使い果たすことと引き換えで、人類の記憶から『神々の遊び』を消し去った。それって神呪《アライズ》が悪用されないようにするためで、さらに言うなら神呪《アライズ》を持つ使徒を増やさないためだろう？」

「正しい理解だ」

「でも現代も『神々の遊び』が生きてるよ？」

「…………」

ケイオスが宙を見上げた。

何もないはずの宙を、天井をじっと見つめて。

「その通りだ。たとえ神の力で『神々の遊び』の記憶を消し去ったって、それで何もかもが終わったわけじゃない。なぜならば――」

「神は遊戯《ゲーム》に飢えている」

あるいは――

本当は――

ケイオスという男がもっとも語りたかった言葉は、こちらだったのかもしれない。

そう思わせるほどその言葉には力があった。

「神も人間も。いつの時代、どの世界。遊戯を求める者は決して消えることはない」

〝小僧、遊戯は好きか？〟

〝あたしは好きだ〟

遺跡都市エンジュの発掘場で。

人と神々が遊戯に興じる古代壁画を背にして、巨神タイタンはそう言ったのだ。

いつの時代も遊戯は遊戯。

楽しむがいい・い・と。

「歴史は繰り返す。古代魔法文明から二千年以上が経過した未来で、秘境を探検していた学者たちが遺跡から巨神像を見つけ、ダイヴし、再び『神々の遊び』が始まったのは必然だったと俺は思う。だが……」

ケイオスが目を瞑《つぶ》る。

「ヘ・ケ・ト・マ・リ・ア・が・そ・れ・を・認・め・ら・れ・る・わ・け・が・な・い」

彼の唇からこぼれる、乾いた溜息《ためいき》。

「死に物狂いで『神々の遊び』を完全攻略し、神の力を願い、その神の力のすべてを使い果たしてまで人間の記憶を初期化《リセット》した。なのにまた神呪《アライズ》を私欲のために使う者が現れたら？　同じ過ちを彼女が恐れるのもまた道理だ」

「それで転生したってことかしら？」

「さすがは元神だ。話が早い」

目を開けたケイオスが、レーシェに首肯《しゆこう》。

寄りかかっていた壁から身を起こして。

「半神半人《ヘケトマリア》に神としての力は残っていない。ただの人間として転生したが、彼女の目的は三千年前と同様に『神々の遊び』を消し去ること」

だが皮肉なことに――

その転生先は、よりによって神秘法院の理事長の娘だったのだ。

神秘法院は『神々の遊び』で世界を活気づけようとする組織であり、その理事長は誰よりも人類の完全攻略を願う者の一人だろう。

……半神半人《ヘケトマリア》は、ヘレネイアという人間として転生した。

……予想外だっただろうな。

神として、『神々の遊び』を消滅させたくて。

娘として、『神々の遊び』をさらに発展させたい理事長の気持ちも汲《く》みたい。

板挟みの苦悩がある。

「……あのケイオスさん？　でもどうやって消し去るつもりなんでしょう？」

パールが思案げに腕を組む。

「ヘレネイアさんは神さまの力を失ったんですよね。古代魔法文明の時みたいに、世界中から『神々の遊び』の記憶を消し去るのはできないんじゃ……」

「神の力を再び得ればいい」

「そ、そっか！『神々の遊び』でまた十勝して神になれば……だからヘレネイアさんは三体もの神さまとチームを組んでるんですね！」

「——あー。奇遇ねぇ」

レーシェがぽんと手を打ったのは、その時だ。

「わたしと似た立場なんだ」

そう。ケイオスの話に、フェイの頭に真っ先に浮かんだ感想がソレだ。

……俺も真っ先にそこが気になった。

……動機は違えど、レーシェとヘレネイアの経緯が重なって見えたんだ。

神から人間となり、再び神に戻るために『神々の遊び』で十勝を目指すという経緯。

半神半人の身だからこそ。

人類が神に十勝するという『神々の遊び』も、ヘレネイアは再び参戦できたのだ。

だが一つ疑問もある——

「ケイオス先輩、なんで彼女はまだ七勝なんですか？」

遅すぎる。

ヘレネイアが古代魔法文明での完全攻略者で、さらに現代は三体の神がチームにいる。

十勝だって急速に実現できたはずなのだ。

……でも現実は違う。

……『すべての魂の集いし聖座《マインド・オーヴァー・マター》』は最近、急激に試合頻度を落としている。

「事情がある」

わずかに声量を落として、ケイオス。

「彼女が巨神像にダイヴできない理由を、お前たちは今しがた見たはずだ」

「理事長だね？」

ミランダ事務長が眼鏡《めがね》のブリッジを押し上げる。

レンズの奥で、その表情はケイオスと同じように険しいものになっていた。

「さっき見たとおりだよ。ヘレネイア嬢は、父親がいつ倒れるか気が気でないんだろうね。神々の遊びにダイヴすれば二十時間、三十時間なんて軽く時間が過ぎる。戻ってくるまで人間世界のことはわからないからね」

ヘレネイアは半神半人。

彼女にとって、転生先であるこの時代、理事長は紛《まぎ》れもない父親なのだ。その容態が不安定な今、『神々の遊び』にダイヴしている状況ではない。

だから七勝で止まってしまった。

〝私の邪推だけど、先を越されたくないとかね〟

〝猛スピードで追いついてきたフェイ君をライバル視しても不思議じゃない〟

……図らずも、事務長の邪推が的を射ていたんだ。

……俺たちが先に攻略するとまずいから。

彼女は『神々の遊び』を消そうとしている。

そのためには、先に攻略者が現れてはまずいのだ。だから——

「ケイオス先輩」

この本部で幾度となく呼んだその名前。

緊張で声が強《こわ》ばっているのがわかる。今これがもっとも張りつめた瞬間であることを、フェイは全身で感じていた。

「先輩はどうなんですか」

「俺？　まさか俺まで神と疑っているなら筋違いだが」

「……ヘレネイアの目的をどう思ってるのかなって」

「俺もわからん」

ケイオスが身を翻《ひるがえ》した。

壁から離れて歩きだし、パール、ネル、レーシェ、ミランダ事務長の目の前を横切って、プレイルームの扉に手をかける。

「お前たちがどうするかは、お前たちで決めろ」

ケイオスは――

チーム『すべての魂の集いし聖座《マインド・オーヴァー・マター》』唯一の人間であるコーチは、部屋の外へと歩いていった。

Chapter

Epilogue 獣の中の獣

God's Game We Play

1

神秘法院本部、北棟二階。

七色のステンドグラスに彩られた通路は、あたかも空気ごと凍りついたかのように静まり返っていた。

この先には筆頭チームに与えられた専用ルーム。つまりは『すべての魂の集いし聖座《マインド・オーヴァー・マター》』のための部屋があり――

コツッ。

静寂が満ちる通路に、無遠慮なほど図々《ずうずう》しい靴音が響きわたった。

その靴音がみるみる近づいて――

「ケイオス」

靴音がぴたりと止《や》んだ。

部屋の前に佇《たたず》んでいた少女の一言で、彼《ケイオス》が足を止めたからだ。

「……お喋《しゃべ》りですね」

少女が、翡翠《ひすい》色のまなざしで上目遣いに見上げてきた。薄紫色の髪を片手で弄《いじ》りつつ、恨めしげにも見えるまなざしで。

「……なぜ話してしまったのですか」

「説明は俺に任せてもらう。そういう約束の通りに動いたまでだ。つい喋りすぎたところもあるが、まあ許容範囲だろう」

真顔で応じる。

ケイオス自身、この少女を裏切ったつもりは毛頭ない。

「俺は、これが最適だと判断した」

「わざと負け、わざと喋ったのですか？」

「フェイに勝てる奴《やつ》などそうそういない。俺は全力で戦った」

「――――」

少女が口をつぐむ。

三千年前、ヒトから神へと「成った」少女が。

「……私は……私の過去を他の人間に知ってほしくなかった。誰にも……お父様にも言っていないのですよ」

「その理事長の容態は？」

「…………意識は戻ったそうです。今からお見舞いに行くところでした」

ちょうどすれ違いだったのだ。

ケイオスは部屋に戻り、ヘレネイアは部屋を出て行く。

「部屋を任せます。あなたがいないと誰も掃除をしないので」

「ヘレネイア」

通り過ぎざま――

狭い廊下で二人が重なった、刹那の瞬間に。

「俺はただ、俺と同じ知識を得たアイツが、俺と同じ結論になるのかが気になっただけだ。これもまた遊戯だよ」

「……それは遊戯ではなくギャンブルでしょう?」

少女が弱々しげに笑った。

悲しげに。

「ギャンブルは負けた側が悲しみます。遊戯は、勝者も敗者も楽しめます」

「では聞くが、今のお前は遊戯の時に笑えているか?」

「…………」

少女が無言で通り過ぎていく。

廊下に足音は響かない。華奢《きゃしゃ》ゆえに身軽だからか、それとも半神半人ゆえか。その姿が廊下の向こうへと消えて――

「勝っても負けてもまた遊ぼうと、お前はいつから言わなくなった？」

ケイオスは、この場から消えた彼女にそう宛てた。

「笑えるといいな」

═══

神秘法院本部、北棟一階。

名も知らぬ神々が描かれたステンドグラスの窓を横目に、フェイたちは口元を引き締めて、足早に廊下を進み続けていた。

「ほ、本当に大丈夫なんですか!?……ヘレネイアさんと話をするって……」

「覚悟を決めろパール。私たちは使徒だ。『神々の遊び』に挑む者として、彼女の意図を知って黙っているわけにはいかない」

不安げに廊下を見回すパール。

その隣を歩くネルが、こちらも緊張した面持ちで拳を握りしめた。

「ケイオス殿は明言しなかったが、迷宮ルシェイメアでの事件も、彼女とその仲間である神々が黒幕だ。そうだなミランダ事務長？」

「――って結論になるね。ええと、この通路の先を右かな」

相槌《あいづち》を打つ事務長は、歩きながら小型の液晶端末と睨《にら》めっこ。

映っているのは本部ビルの案内図だ。チーム『すべての魂の集いし聖座《マインド・オーヴァー・マター》』の部屋がこの先にあるらしい。

「正直、ヘレネイア嬢たち四人が部屋にいるかねぇ？　紛《まが》うことなき神さまだろ。他のチームみたいに会議や訓練してるとも思えない。チーム四人の居場所はそれこそケイオス君くらいしか把握してないんじゃない？」

「……チームのコーチでしたっけ」

彼が『すべての魂の集いし聖座《マインド・オーヴァー・マター》』のコーチである事実を知ったのは、つい先ほどのこと。彼が立ち去った後に調べた事実だ。

……ケイオス先輩は、ヘレネイアのチームに所属してる。

……その事実だけを見るなら、彼女の味方のようにも見えるけど。

自分《フェイ》にもわからない。

古代魔法文明とヘレネイアの経緯を語る彼の口ぶりは、むしろ淡々と、ヘレネイアへの情を押し殺したものだった。

……そもそもケイオス先輩は語る必要なんてなかったはずだ。

……ヘレネイアに味方するなら黙っておけば良かった。

廊下を歩いている今も。

頭の中に、彼女からの言葉がふつふつと湧き上がってくる。

〝フェイ。あなた遊戯は好き？〟

〝この世界には人間の遊戯が無数にあるわ。神の遊戯に拘《こだわ》る必要はないと思わない？〟


そうかもしれない。

人間は、人間の遊戯だけでも遊んでいけるだろう。生きていけるだろう。
・・
けれど——

「レーシェさ」

「ん？」

「ケイオス先輩の話を聞いた俺の結論」

振り返ることなく。

まっすぐ先を見つめ、フェイは、後ろを歩く元神さまに呼びかけた。

「俺は彼女に話がしたい」

「だから向かってるんでしょ？」

「たくさんの意見や考えがあっていい。だけど俺には、彼女の実現しようとしている理想の世界が……」

「間違ってる？」

「もったいないと思う」

一階から二階へ。

光さす階段を登った先には、一階と同じく七色に輝くステンドグラスの通路。その廊下の奥に、両開きの重厚な扉が見えた。

「あ、あの部屋にヘレネイアさんたちが……！」

パールが胸に手をあてて深呼吸。

「あたしたちが訪れたら怒られるでしょうか……いるかいないかわからないし、そもそも鍵を開けてくれるかどうか……ま、まずはノックしてみて……」

「開けるわよっ！」

「ってレーシェさんっっっっ⁉」

ミシッ。

金属が軋《きし》みを上げる音。重厚な両開きの扉が、レーシェの片手の一突きで吹き飛ぶように弾《はじ》け開いた。

「何やってるんですかレーシェさん⁉」

「きっと歓迎されるわよ。神なんて暇を持て余してる連中しかいないんだし……あら？」

レーシェがきょとんと瞬《まばた》き。

扉を開けたその先は、一般的な会議室とは程遠い円形のフロア構造。

テーブルも椅子もない。

真っ白に塗りつぶされた部屋。およそ人間が暮らす・居るための場とは思えぬ無機質で、そして静かすぎる世界が広がっていた。

「無人《からっぽ》。まあ予想どおりっちゃ予想どおりだよね。せめてケイオス君がいるかもなって期待はしてたけど」

ミランダ事務長が見上げる、天井。

そこに壁はなかった。

最初から無かったのか、あるいは外されたのか。見上げた視界の先には吸いこまれそうなほど深い蒼穹《そうきゅう》と棚引く雲。

そして燦々《さんさん》と差しこむ陽射《ひざ》しが、自分たちを照らしている。

「ヘレネイア嬢。もしかしたら理事長の容態を心配して医務室に行ったのかもしれないね。我々もそちらに移動してみようか」

「ダメにゃ！」

ひゅうっ、と風を切る音。

その声と気配は、今まさに事務長が見上げていた吹きさらしの天井からだった。

――すとん。

空から部屋に降ってきた赤毛の少女が、空中で一回転して床に着地。と思いきや慌てて自分のスカートを手で押さえた。

「ひあっ⁉ 余のスカートが風圧でめくれてしまっ……⁉ ヘレネイアちゃんに見られてたら『はしたないです』と怒られるにゃ！」

ニーヴェと呼ばれていた少女だ。

忘れもしない。

つい先ほど、人間など睨《にら》んだだけで消し飛びかねない眼光をぎらつかせた神……のはずが、さっきの威厳はどこへやら。

「……うぅ……身嗜《みだしな》み、身嗜み」

なぜか深紅色の髪を片手で撫《な》でつけつつ、もう片手でスカートの乱れを整えている。

目の前の自分《フェイ》たちなどお構いなしに、だ。

「……ねえフェイさん、あの神さま、全然神さまっぽくないですが……」

「……一周回って神っぽくないか？ 自由で気まぐれで……」

フェイたちがポカンと眺めている前で、入念に身なりを整えた少女が「……ふぅ」と満足げに額に手をあてる。

「――――って違うにゃ⁉ そう、お前たち！」

「あ、ようやく俺たちのこと見てくれた」

「お前たちの目的はわかっているにゃ！　理事長の部屋の掃除をしているヘレネイアちゃん、事務室に向かったケイオスを探しに来た。そうにゃ！」

「――――」

しん、と。

円形の部屋が静まりかえった。

黙りこむフェイたち。その反応はさすがに想定外だったらしく、赤毛の少女ニーヴェも不審そうに目を細めて――

「お前たち、なぜ黙ってるにゃ？」

「……いや。ヘレネイアの居場所って、医務室じゃなくて理事長の部屋なんだなって」

「……ケイオス君は事務室なんだね。じゃあそっち行こうか」

「しまったぁぁぁぁぁぁぁぁぁぁぁぁぁっっっ!?」

赤毛の神が、頭を抱えて絶叫した。

フェイが過去出会ってきたなかで、もっとも情けない神の声。

「ヘレネイアがお前たちと会いたくないと言ってたから。余がそれを助けるどころか逆に居場所を教えてしまうとは！」

「……俺ら、むしろ罠《わな》かと思ったくらいだけど」

「はっ！　愚かにゃ。嘘《うそ》をつく神などいるものか！」

「じゃあ本当なんだな？」

「――――――」

今度は口を閉じてしまう。

そのかわり少女の顔中から大粒の汗が流れ落ちていく。「神は嘘をつかない」はどうやら間違いないらしい。

「作戦撤回っ！　やはり当初案のとおり遊戯で時間稼ぎにゃ！　お前もフェイと遊びたいだけだろとかケイオスに言われたけど、それがどうしたにゃ！」

「え？　いや待て、俺はヘレネイアに――」

「余の姿を見るがいい！」

轟《ごう》ッ！

少女の紅蓮《ぐれん》の長髪が揺らめいた。そう誰もが認識したと同時、紅蓮の髪がたちまち燃えさかる紅蓮の炎へと姿を変えた。

噴き上がる火の粉と熱気。

少女ニーヴェが紅蓮の渦に包まれ、その渦の向こうで、少女だった影《シルエット》がみるみる巨大化し、四つ脚の獣のかたちに変わっていくではないか。

『余は超獣ニーヴェルン』

　炎の渦から現れたの獣の前脚。

　樹齢百年を超える巨木のように太く雄々しい。さらには獅子《しし》に似た頭部、隆々とした筋肉が浮かぶ胴体が現れて——

　それは、紅蓮の炎をまとった獣。

『すべての神呪《アライズ》。その「超人」の礎を授けし超獣』

「……何だと⁉」

　獣の姿をした神を見上げ、ネルが全身を震わせた。

「まさか……！　こんなおバカな神がそこまで偉い神だったとは！」

「あたし、自分が魔法士型で良かったと心から思いました！」

『は？』

　雄々しき神の獅子が、ピキッと顔を引《ひ》き攣《つ》らせる。

『許さんにゃ』

　超獣ニーヴェルンが真っ赤な口を開けた。

　かつて迷宮で戦った眠れる獅子をも超える巨体の獣が、顔が頬《ほお》まで裂けるほどに大きく口を開け、そして飛びかかってきた。

『余のお腹《なか》に招待にゃ！』

「ってちょっと待てぇぇぇぇぇぇぇぇっっっ!?」

「あたし食べても美味《おい》しくないですよぉぉぉおおおおおおおおっっ!?」

全員、一口。

抵抗する間もなく呑《の》みこまれ、無明のトンネルじみた胃を真っ逆さまに落ちていく。

「……っ！　・・・トンネル!?」

フェイがそう叫ぶのに呼応するかのように。

落下先に光が見えた。

吸いこまれるように光の方へと落ちていき——

――神々の遊び場《エレメンツ》「閉じた血と炎の儀式場」

VS『原初の獣』ニーヴェルン

ゲーム、開始。

霊的上位世界《エレメンツ》。

この世界は、主となる神ごとに千差万別に姿を変える。超獣ニーヴェルンの口という「扉」を介して突入《ダイヴ》し、たどり着いた先は——


村だった。

瑞々《みずみず》しい緑の牧草地帯に囲まれた、小さな村。

コテージのように丸太を組み上げて造った家屋で、屋根の煙突からはパンを焼いていると思《おぼ》しき煙がうっらすらと棚引いている。

村の敷地に目をやれば、子供たちが楽しそうに追いかけっこをしている姿も。

「……のどかだなぁ」

「……のどかねぇ」

「……何一つ悩みなんて無さそうな村ですよね」

「……なんていうか、老後はこういう場所で余生を過ごしたいよねぇ」

「……気が抜けてしまいそうだな」

好き勝手に思い思いの感想を口にする。

そんなフェイたちの頭上から。

『はーい。皆さまようこそお越し下さいました』

『ボクたち、主神ニーヴェルン様の領域に暮らす端子精霊《ミイプ》です。適切に、そして快適にゲームができるようお手伝いさせていただきます』

真っ赤な双子の端子精霊《ミイプ》。

その肌の色は、超獣ニーヴェルンに合わせたものだろう。

「ん？……お前たちが端子精霊《ミイプ》ってことは、これも歴《れつき》とした神々の遊びか？」

『もちろん！』

『我が主神は、あなた方の訪れをずっとお待ちしていました。五百年ほど温めていた遊戯がとうとうお披露目《ひろめ》できると！』

「温めるにも程があるだろ⁉」

『さあっ！』

双子の端子精霊《ミイプ》がクルッと向かい合い、互いの両手にハイタッチ。

そして〇・〇〇一秒さえ乱れぬ完璧なリズムとタイミングで。

鏡合わせのように同調した仕草で。

『マーダーミステリー『すべてが赤になる』開幕です！』

あとがき

〝いつの時代、どの世界。遊戯を求める者は決して消えることはない〟

『神は遊戯《ゲーム》に飢えている。』第6巻、ありがとうございます！

ゲームに夢中になるのは人も神さまも共通で——

前巻が神さまチーム＆神さまタッグとの二連戦だったこともあり、今回の『人神決戦《ラグナリーグ》』はあえての人VS人の決闘となりました。そして旧チームリーダーのケイオスがある場面でポツリと言っていたことが、いつか大きな意味を持ってくる気がします。

昨年発表されたアニメ制作が着実に形になってきていて、小説の方もさらに勢いよく頑張りたいなあと！

智瀬《ともせ》といろ先生、そして担当N様、今後ともどうぞよろしくお願いします！

そんな次巻は、開始早々に『VS超獣ニーヴェルン戦』開幕です！

壮大な神の遊戯、どうかお楽しみに！

2022年の冬に

細音《さざね》　啓《けい》